小説 **ムントゥリャサ通りで**

ミルチャ・エリアーデ
直野　敦 訳

法政大学出版局

ムントゥリャサ通りで

I

しばらく前から、老人はその建物の前を、入ろうかどうしようかと迷っているらしく、行ったり来たりしていた。その建物は、今世紀のはじめによく建てられた、地味な、いかめしいとさえ言えるような、高い建物であった。歩道では栗並木がまだいくらか影を投げかけていたが、通りは燃えるように熱していた。太陽は夏の真昼らしい強さではげしく照りつけていた。老人はハンカチを取り出してそれを首のまわりに巻きつけた。かなり背が高くて、ひどくやせた男であった。ひょろ長く、骨と皮ばかりで、見栄えのしない風采をして、灰色の眼はどんよりとくすんでいた。鼻の下の不精髭はほとんど真白で、煙草のせいか少し黄色がかっていた。古い麦わら帽子をかぶり、色のあせた、まるで借着のようにだぶだぶの夏の背広を着こんでいた。

一人の将校服姿の男が近づいてくるのを目にすると、遠くから帽子をとって挨拶した。

「いま何時でございましょうか？」老人はきわめて慇懃な口調でたずねた。

「二時だ」将校は時計も見ずに答えた。

「どうも大変に有難うございます」と老人は幾度も頭を下げながら言い、へつらうように微笑した。

それから、しっかりした足どりで建物の入口へ向って行った。ドアの取っ手に手をかけた瞬間、背後から将校の声が聞こえた。

「まず、呼鈴を押さなくちゃだめだ」

老人はびくっとして振り返った。

「私もここに住んでいるんだがね」将校は手をのばして呼鈴を押しながら言った。しばらくして、彼の方を見ないでたずねた。「誰に用事があるんだね？」

「内務省のボルザ少佐（内務省は警察組織として軍隊と同じ階級制度がある）殿です」

「いま家にいるかどうか分らんな。普段この時間には勤務先にいるから」

将校は前を向いたまま冷やかな声でしゃべった。ドアが開いた。将校は彼を先に入らせたが、その時も彼に目を向けないままであった。ホールの薄暗がりの中から門番が姿を現わして、将校に挨拶した。

「この人は少佐殿に用があるそうだ」と将校は言うと、そのままエレベーターの方へ進んで行った。

「いまご在宅かどうか分りませんよ」と門番は言った。「警察署へいらっしゃった方がよくはありませんか」

「私はあの人と会う約束になっています」と老人は言った。「身内の人に頼まれてきたんです。というよりも、私はあの方、少佐殿にとっては家族の一員も同然です」彼は意味ありげに言った。「私は、あの方にとって一番大切なひとりなんです。子供時代の象徴のようなもので……」

門番は首を振りながら、彼を呆れ顔で見つめていた。

「じゃ、行ってごらんなさい、四階です」と門番は最後に言った。そして、「いらっしゃるかどうか分らないが」と急いでつけ加えた。

老人は帽子を小脇に抱えて階段の方へ進んだ。

「ちょっとお待ちになればエレベーターで上れますよ」門番が後から声をかけた。

老人は門番の方を振り返って、幾度もうやうやしくお辞儀をした。

「どうも有難うございます」と老人は言った。「しかし、私はあまりエレベーターに乗らない方でして。階段を上った方がいいんです。とくに新しい家にはじめて入る時には、階段を上るのが好きなんです」と打ちしおれた様子でつけ加えた。

老人は右手で手すりに摑まり、左腕に帽子を抱えたまま、急がずゆっくり上りはじめた。一階（日本の二階にあたる）にたどりつくと、壁によりかかって帽子で顔をあおいだ。その時、子供たちの声が聞こえ、それからドアが急に開いて年齢の定め難いひとりの女が片手にビールの空瓶をもって急ぎ足で出てきた。女は微笑していたが、彼の姿に目をとめると、その表情は急にこわばった。

「どなたに用事ですか？」と女はたずねた。

「私はひと休みしていたんです」老人は丁寧に、幾度もお辞儀しながら言った。「四階に上るんです。内務省のボルザ少佐殿のところへ。あの方をご存知ですか？」

「下の入口でおききになったら」女はビール瓶を無意識のうちに指でくるくるまわしながら、あわてて言った。「あそこに門番がいますから分りますわ……」

それから、階段を上りかけたが、また思い直してあともどりした。何回も、短く、苛立たしげに呼鈴を押した。すると再び子供たちの声が聞こえ、まもなくドアが開いて、だれかが――その姿を老人は見とどける暇がなかったが――外へ首を出そうとした。しかし女がその人を押しこむようにして、彼女自身もあわてて中に消えた。老人は困ったような微笑を浮かべながら、再び帽子を脇に抱えるとまた先へ進んで行った。二階でさっきの将校が彼を待っていた。

「少佐殿に用があると言ってたんじゃないかね?」と低い声で言った。「なぜエレベーターで上らなかったのかね?」

「私はエレベーターは苦手なんです」と老人は怯えた様子で答えた。「とくに夏時の暑い頃には頭に血がのぼるので。からきし駄目なんです」

「しかし、それじゃ一階に何の用事があったんだね?」と、やはり囁き声で将校がたずねた。「一階にだれか知った人でもいたのかね?」

「いいえ、だれも知りません。私はただちょっと一息いれるために立ち止まっていたんで。するとちょうどその時、女の人が出てきて、私にたずねました……」

「君になんときいたんだ?」将校は老人の話をさえぎって、彼の方へ頭を寄せた。

「なにも大したことではないので。ただ、だれに用事があるのかとたずねただけで……それで、私が答えまして……」

「よし、分った」将校は彼の話をぶっきらぼうにさえぎった。

それから、上の階の方へしばらく視線をさまよわせた後、老人にさらに近づいて囁き声でたずねた。

「少佐をよく知っているのかね?」

「まだこんなに小さかった時から知っていますよ」と、老人は微笑しながら言って、掌で背の高さを示した。「私はあの人の家族のようなものでした。いや、それ以上だったと言ってよいかもしれません……」

「ああ、そうか」と、将校は言った。「じゃ、彼をよく知っているんだね。だから彼がここへ移ってきたばかりだというのに、住所を探しあてたんだな。私も彼のことはよく知っている。いっしょに仕事したからな。しっかりした、信用できる人間だ」とつけ加えた。

エレベーターの音が聞こえた。将校は一瞬当惑した様子だったが、それ以上もう一言も言わず、挨拶もせずに正面の部屋のドアを開けると中へ姿を消した。老人は再び壁によりかかって帽子で顔をあおぎはじめた。エレベーターは彼の横を滑るように上って行った。大きな青い眼をした青白い顔がちらりと見え、その二つの目は老人を刺すように見つめていた。彼はもうしばらく待ってから、心を決めたように再び階段を上りはじめた。エレベーターは三階に止まっていた。そして、さっき垣間見たあの青年がエレベーターのドアを開けたまま押えながら彼を待っていた。

「お入りなさい」と青年は言った。「私はここで降ります」

「大変有難うございます」と老人は言った。「私はエレベーターがどうも苦手なものですから乗らなかったんですよ。歩いて上る方がいいんです。山に上るように、ゆっくり」と微笑しながらつけ加えた。

「大変でしょう、まだ三階ありますよ」と青年は言った。

その顔は異常に青白かった。

「有難いことに」と老人は帽子でまた顔をあおぎながら言った。「もうたどりついたも同然ですから」

「技師さんのところへいらっしゃったんですか？」と、相手は驚いた顔で、正面のドアを指さしながら言った。「あの人は家にいないと思いますよ。あなたは下で、門番に知らせたのですか？」若者は急に声を低くしながら早口でたずねた。

老人は幾度も首を振って、苦笑に近い笑いを浮かべた。

「いや、ちょっと言い方を間違えましたね……もうほとんどたどりついた、と言うべきでしたね。私は四階へ行くのですから」

若者はいそがしく瞬きして、あわててハンカチを取り出した。神経質な様子で両手を拭いはじめた。

「少佐殿のところへですか？　在宅していればいいですがね。普段は勤務先で昼食をとられますよ。あの方をよくご存知ですか？」と、彼の目の奥をのぞきこむようにしてたずねた。「今までこの辺であなたをお見かけしませんでしたが……」

「移ってこられたばかりですからね」と老人は言った。「まだよちよち歩きの頃からあの人を知っていますよ……」

若者は指の間でハンカチをもてあそびながら一瞬ためらっているように見えた。それからエレベーターのボタンを押して、それを階下へもどした。

「あの方の家族もご存知ですか？」若者は上の階の方へ何回か視線を走らせてから囁き声でたずねた。

「私も家族の一員といっていいくらいですよ」と老人は言った。

「それじゃ田舎の方ですね」と若者は言葉をさえぎって言った。「あの人の身内は田舎の出身ですから。《パラフィナ》に勤めている弟さんを知っていますよ。ひじょうに優れた人です。古くからの活動家でね。僕はよく知っています」

たしかに若者はまだ何かをつけ加えようとした様子であった。奇妙な微笑を浮かべて老人の方へ一歩近づいたのだから。しかしその時階段に足音がした。すると若者は大あわてでドアの方へ後ずさりし、背を向けて、落ちつかない様子で鍵をとり出そうとしていた。

「お目にかかれて何よりです」老人はお辞儀しながら言うと、手すりに片手をかけてまた上りはじめた。

階段で二人連れの男女に出会い、老人は挨拶した。女の方は断髪で、一種の制服を着、バッジをつけていた。彼女よりもずっと若い男の方は、女の方から目をそむけるような様子でぎごちない歩き方をしていた。しかし老人のそばを通りすぎてから、二人とも立ち止まり、彼の動きを見守るために後を振りむいた。老人はドアの前で立ち止まると、ハンカチを取りだして顔をぬぐい、それから手の甲で上衣の襟をととのえた。今にも呼鈴を押しそうな恰好だったのが、急に思い直したのか、思いがけず軽やかな足どりで段階をもとの方へ降りてきた。壁のそばで驚いて眺めている二人連れの前まで来ると丁寧に身をかがめて言った。

「失礼ですが、いま何時でございましょうか？」老人は女の方へ向ってたずねた。

「二時、ええと二時五分です」と彼女は答えた。

「有難うございます、どうも大変失礼しました。私は二時に会う約束なんで」それから急ぎ足で階段を上ると、長く呼鈴を押した。

品の悪い厚化粧をした若い女が、ドアを開けた。

「お手に接吻を、奥さん」と老人はお辞儀しながら言った。「早過ぎもせず、遅れもしなかったと思います。私は二時か二時五分ぐらいがちょうどぴったりの時間だと考えまして」

「食事していますわ」女は何本かの金歯の列をのぞかせながら微笑した。「二時一五分か二時半頃にお出でになると、言ってましたが……」

「それでは、もう少しして参りましょう」老人は身を引くそぶりをしながら言った。

「いいえ、いいんですの。お入りなさい。中の方が涼しいんですから。結構立派な家なんですのよ」と微笑しながらつけ加えた。

「知っています、知っています」と老人は言った。「越してこられたばかりでしょう」

「前のあのラホバ通りの家は、勤めから遠すぎましたわ。それに内務省の少佐で、大切な仕事をしている者としては、粗末すぎましたわ。小さすぎて。ピアノもなければラジオもなくて」

「知っています、知っています」と、老人は急にとてもはしゃいだ調子でくりかえした。「あの人のことはこんな小さい時から知っています」と言って、掌をじゅうたんの方へ低く下げてみせた。

女は笑い出した。

「どうぞ、応接室へ」と言いながら、彼を地味ながらに上品な調度をそろえた広い部屋へ案内した。

「あなたのおいでになったことを伝えてきますわ」

老人は微笑しながらソファに腰を下ろし、嬉しそうに両方の掌で膝をさすりはじめた。しかし直ぐに例の女が姿をみせ、彼に立ち上るように合図した。

「書斎にいらっしゃるようにとのことです。いますぐに参りますから」

女は彼を隣の部屋へ案内し、書棚の前の革製の大きなひじかけ椅子をさし示した。老人は再びお礼を言って、腰を下ろすと、また膝をさすりはじめた。時々顔を書棚へ近づけては本の表題を読んでいた。

ドアの開く音に、老人は興奮した様子で立ち上った。敷居の上で、浅黒い顔色、やや肥り気味の赤黒い頰、はれぼったい、青黒くなった瞼の間にかくれた、小さな非情な目をした男が、老人をじっと見つめていた。ワイシャツの袖をまくりあげ、ずぼん吊りをしたままの恰好であった。まだワイシャツにナプキンをひっかけたまま、笑いながら入ってきたが、老人の姿を目にしてその途端顔をしかめた。

「君は何者だね?」厳しいしわがれた声でたずねた。「どこから入ってきた?」

「もう私を覚えていらっしゃいませんか?」老人は驚いたらしく、それでも微笑しようと骨折りながら言った。「私はあなたがこんなに小さかった頃から」と言いながら、片方の掌を前に延ばして、それをじゅうたんの方へできるだけ低く下げてみせた。「あなたのことを覚えていますよ」

「どうして君はここへ入ってきたんだ?」少佐はナプキンの一方の端をつまんで、口の端と顎のあたりを拭おうとしながら言った。「門番がどうして君を入れてくれたんだ?」

「二時か二時一五分頃には、きっとあなたがご在宅で、お会いできると思っていましたよ」と老人は微笑を絶やさずに言った。

「しかし、君は何者だ?」と少佐はたずねた。

「じゃ、やっぱり私を覚えていらっしゃらないのですね」老人は、悲しげに首を振りながら言った。「無理もありません、あれ以来三〇年あまり経ったのですから。でも、私はあなたを覚えていましたよ。そしてあなたがここへ越してこられたと聞いた時、私は考えたんです。まだ私のことを覚えてくれているかどうか探りに、訪問してみてはどうだろうとね」

「しかし君、一体君はだれなんだ!」少佐はどなり出して、威嚇するように老人の方へ一歩踏み出した。

「ムントゥリャサ通りには」と老人は首を振りながら言った。「ムントゥリャサ通りには、小学校がありませんでしたかね? 校庭に栗の木があって、奥の方の庭にはあんずの木や桜の木が植わっていた……あれを忘れたはずはありませんね。この近く、あなたの家からすぐですからね」と老人は窓の方へ首をめぐらせながら言った。「私には、あなたの姿がいまも見えるようですよ。あなたはいつも水兵服を着て、汗かきでしたね、ひどい汗かきで……」

少佐はドアを後に叩きつけるようにして、大急ぎで部屋から出て行った。

「アネタ!」と、大股に応接間を横切って行きながら叫んだ。

女はすぐに姿を現わした。

「あの男を書斎に入れたのはお前か?」少佐は声をおとしてたずねた。「家にはだれも入れてはいかん、みんな内務省の方へ行かせてくれとお前に言わなかったか？　今日、二時一五分か二時半頃に検察官がくる予定だと言わなかったか？」

「まあ！　門番が入らせたんですから、てっきりその検察官だと思ったんですわ。それに、なにかあなたをよく知っていて、あの人も自分が検察官だというようなことを言ってましたけれど」

少佐は再び大股に歩いて応接間を横切り、書斎に入った。

「じゃ、君はごまかして家に入りこんだんだな」と目を細くしながら言った。「君は私の妻に自分が検察官《インスペクトル》だなんて言って！」

「私はそんなことは言いませんよ」老人はきっぱりと否定した。「でも、私はそう名乗ってもよかったんです、本当に検察官なんですから。もう退職しましたが、でもやはり学校の視学官《インスペクトル》だったことは間違いないし……」

「しかし、君は一体だれだ？」少佐は再びどなり出した。そして首からナプキンをむしり取って、それを片手で革帯のようによじったり丸めたりしていた。

「まだ思い出しませんか？　ムントゥリャサ通りを？　あなたはムントゥリャサ通りの小学校に通っていて、休み時間によく桜の木によじ登っていたでしょ。一度、木から落ちて頭に怪我したことがあったでしょう？　そして校長があなたを抱えて職員室へ連れて行き、ほうたいを巻いてくれませんでしたか？　次の日は王様の誕生日の五月一〇日の記念日で、あなたは頭にほうたいをして学校に来たのでえらく威張っていましたね？　そして校長があなたに、《おいボルザ、頭はどうかね？》とたずねると、あなたは《校長先生、僕は詩の朗読が心配です》と答えましたよ。あなたは暗記ものが苦手でしたからね」と老人は微笑しながらつけ加えた。「あなたは《僕はもう詩を暗誦できなくなるんじゃないかと心配でなりません》と言いました……いいですか、私はその校長なんです、小学校の教師ファルマ、ムントゥリャサ小学校の校長を一五年勤め、それから定年退職になるまで第二級視学官だったザハリア・ファルマなんです……やっぱり、想い出しませんか?!」

少佐は、眉をひそめて老人の言葉を注意深く聴いていた。

「君は私をからかっているんだな」彼は歯がみするように言った。「もし君がこんな老人でなかったら、この場で逮捕するところだが。自分で検察官だと名乗って、私の家に入りこんできたんだから……」

「私はそんなことは言いません」

「私が話している時に口出ししないでくれ」と、少佐は老人の方へ威すようにつめ寄りながら言った。「君は私の家へペテンによって入りこんだ。しかし君にはなにかの目的があってのことに違いない。それなら、私に腹を立てさせないうちにさっさと言いたまえ、なぜここへ来た? なんの目的で?」

老人は震える手で顔の汗を拭うと、思わず溜息をついた。

「どうかお怒りにならないで下さい」と彼は低い声で言った。「あなたを怒らせるつもりはありませんでした。恐らくなにか思い違いをしたんでしょう。もしそうなら、幾重にでもお詫び申しあげます。でもあなたは、内務省のヴァシレ・I・ボルザ少佐様ではありませんか?」

「それは私だ。少佐様ではなくて、同志ヴァシレ・I・ボルザ少佐だ。それがどうしたというんだ?

君になんの関係があるのか？」

「それでは失礼ですが、あなたはムントゥリャサ通りの私の学校で学んだことがあります。私はその年度も言えますよ。一九一二年から一九一五年までです（ルーマニアの小学校は四年制）。どうです、もう三〇年以上経ちましたが私はまだ覚えているんですよ。各学年から、私は何人か、それも、いつも優等生というわけでもない生徒」と老人は微笑しながら言った。「でもともかく、どこか見所のあるという気のした生徒に目をつけていたんです。卒業後もその生徒たちの行く末を高等学校から大学に行っても、見守っていたんですよ……たしかにあなたの場合には、あれから先のことは分らなくなりましたが、しかし一九一六年の戦争（第一次世界大戦）があったし、それでいろんなことも説明がつきます。私の聞いたところでは、あなたは地方へ行ったという話で……」

少佐は、時々隣の部屋の方を振り返りながら老人の言葉を注意深く聴いていた。

「いいかね、視学官さん」と、彼は以前ほど威嚇的ではないがやはり同じように厳しい調子で言った。「私はあなたが考えている高校や大学へ行ったというその人物じゃないね。私は下層の出身で、生まれた時から下積みの生活で、とてもそんな上の学校へ行くだけの暇にも金にも特権にも恵まれてはいなかった……」

「私が言ってたのは、ムントゥリャサ通りの小学校の話で……」

「私がしゃべっている時に話の腰を折らないでくれと君に言ったはずだ」少佐は老人の目をじっと見つめて言った。「そんな学士号とか、大学とかいった話、私たちもそんな話を知らないわけじゃない。

しかし、そんなやれ特権だの、やれ卒業証書だのといった時代、たわごとの時代は過ぎたんだ。私たちは君たちの政権を葬ったのだ」と、少佐はもう一度隣の部屋を振り返りながら言った。「搾取者たちの政権をだ！」と急に声を荒らげて叫んだ。「今では勤労人民に発言権があるのだ！　今のうちにこのことをしっかりと頭に叩きこんでおくんだ。分ったかね？」

「分りました」老人はうなずきながら言った。「どうかお赦し下さい。なにか思い違いがあったのです、私にはそんなつもりはなかったのに……」

少佐は彼をしばらく見据えて、それから微笑した。

「思い違いであってもらいたいね。でなかったら、君はただでは済まなかったはずだ。じゃこれで私が腹を立てなかったのに感謝してさっさと出て行きたまえ！」

急にドアの方を片手で指し示してどなった。

「失礼します」とファルマは言った。「ではこれで失礼します。まことに申し訳ありませんでした……」

後ろ向きに出て行き、すっかり怯えて客間を急ぎ足で通りぬけた。ボルザは、急に楽しそうな顔にもどり、笑い出した。

「おい、アネタ！」彼は敷居際から叫んだ。「私たちに大急ぎでコーヒーを出してくれ」

それから、もう一方のドアへ近づいてそれを開けた。

「おいドゥミトレスク、この悪ふざけをどう思う？」

食堂から、栗色の髪を頭にぴったり撫でつけ、短く刈りこんだ鼻髭をたくわえた小さい口、あまり薄いのでほとんど無いに等しい印象を与える唇をした、まだ若い男が姿をあらわした。青黒い瞼と黄色がかった眼をして、その顔は病的なまでに土気色だった。

「かなり臭いな」ドゥミトレスクは無理に作った微笑を浮かべて言った。「私にはかなり臭いと思えるが……」

ボルザは急に顔色を変えた。

「私にもそう思える」と彼は言った。「私のことを思い違いしていたと言ったが、あいつの言葉通りに受けとっていいかな？」

「名前を混同したという話は、ありゃ見えすいているよ。同じ年輩で同じヴァシレ・I・ボルザという名の男が、しかも同じ町にいるなんて私にはとても信じられん。あの男はなにかを知っているんだ」とドゥミトレスクは微笑しながら言った。「あの男はなにかを狙っているな。だって君がここへ越してきたばかりなのに、君の住所を知っていたからね」

「あいつを逮捕してやる」とボルザはいきまいた。「すぐにも逮捕してやる！……」

「まあ待て、そう焦るな」とドゥミトレスクはそこを離れて、窓へ近づきながら言った。「もしなにかを狙っているとすれば、われわれの側でまず向うを見張る方がいい」

カーテンを引いて、通りを見下ろした。

「まだ下へ降りていないな」と言った。「私にはとても臭いという感じがする」とあいかわらず通りを見下ろしながらつけ加えた。「しかし本当のところ、問題はもっと込みいっているのかもしれん。君を他の人間と間違えたんじゃなくて、なにかを狙っている、君がだれであるかちゃんと知っているかもしれん。もしかしたらあの男の言う通りかもしれん。君はムントゥリャサ通りで、あの男の学校に通っていたのかもしれん」

「冗談を言うな！」とボルザは険しい顔つきになって言った。「私が人民の出身で、学校へなぞ行かなかったのはみんなが知っていることだ……」

「ボルザ」とドゥミトレスクは彼を振り返らずに言った。「かりに君がムントゥリャサ通りで小学校へ行っていたとしても、それはなんの恥にもならんよ。昔の政権の下でも、小学校なら貧乏人で正直な人間の子弟でも行けたんだからな……」

「しかし、私はムントゥリャサ通りの学校へ通ったことなんかないと言っているだろう?!」とボルザは激して言った。「それがどこにあるかさえ知らんのだ」

「この近くだ、君の家のそばだ」とドゥミトレスクは窓ガラスに額を押しつけながら言った。

「そうかもしれん、しかし私はそんな通りを知らんと君にはっきりもう一度言っておく。私はテイ通り（ブクレシュティの場末の貧民街）で子供時代を過ごしたんだ。父親は荷馬車ひきだった……しかしなんでまた、コーヒーはいつまで待っても来ないのかな？」彼はいきりたち、歯がゆそうに言って、部屋から出て行こうとした。「今にも検察官が来るというのに、そしてゆっくり落ちついてコーヒーを飲もうと思っていたのに」

「通りへ出たよ」と、ドゥミトレスクは窓を開けて下をのぞきながら言った。「門番に電話して、あとをつけさせるべきじゃないか……焦るなよ」と振り返ってボルザをしばらくじっと見つめて言った。

「あの男はなにかを知っている、なにかを狙っているんだ。気をつけた方がいいぞ……」

II

次の日の明け方、ファルマは保安警察の一員に叩き起こされた。

「少したずねたいことがあるのでわれわれといっしょに来たまえ」とその男は言った。「なんにも持たないで来るんだ。それほど長くはひきとめないだろうからな」

中庭にはまだ幾人かの保安警察員がいたが、家の前には自動車が停っていた。みんなは一言も言わずに車に乗りこんだ。ファルマは急に震えだした。

「すっかり夏になりましたね」と、彼はだいぶたってからつぶやくように言って微笑しようとした。自動車は保安警察の建物の前に停った。彼は何本もの長い廊下を歩かされ、それから広くて汚れているエレベーターに乗せられた。そのエレベーターは、まだ建設工事中の最上階へ資材を運ぶのに使われていた。ファルマは自分たちが何階で降りたのかわからなかった。入った時と反対側のドアから出て、ところどころ天井から弱い光を放っているいくつかの電燈のぶら下がった薄暗い廊下を進んでいった。それから階段を降りて別の廊下に入りこんだが、そこはまるで同じ建物の中とは思えないほどすべてが新しかった。大きくてきれいな窓と、新しく、よく磨かれた床板がつづき、壁は真白に塗られたばかりであった。たくさんあるドアのひとつの前で、警官たちのひとりが彼に立ち止まるように合図し、そして自分だけが部屋に入った。しばらくして、背をかがめて脇にひと抱えの書類の山を持ち運んでいる役人を後に従えて出て来た。再び歩きはじめ、まるで長い半円を描いているような廊下を渡りきって別のエレベーターの前で立ち止まり、それに乗って下へさがった。ファルマは階段を数えようとしたが、二人の警官に挟まれ、前は書類を持った役人に塞がれていたのでなんにもわからなかった。彼らがエレベーターを出ると、そのあとに乗りこもうとして待っていた一団の人々に迎えられた恰好になった。横目でうかがっていたファルマは、脇の下に書類を抱えている私服の役人たちの間に、何人かの保安警察官が混っているのに目をとめた。今度はもうあまり歩かなかった。書類を抱えた役人は、右手の一番端のドアの前で立ち止まり、ノックもせずに入っていった。しばらくして知識人タイプの眼鏡をかけた若い男が出てきて、警官のひとりに後についてくるように合図した。まもなく再びドアが開いて、書類を運んできた役人が現われた。ファルマを鋭い目で見つめると、彼にたずねた。

「君は、自分がムントゥリャサ通りの第十七小学校の昔の校長、ザハリア・ファルマであると言ってたね？」

「はい、そうです」と、ファルマは重々しく答えた。「私は第二級視学官でもありました」とせき払いをしかけてつけ加えた。

役人は、軽く眉をひそめて、彼をもう一度じっと見つめてから、ひとり言でもいうように叫んだ。

「おかしいな！……」

それから急に姿を消した。そしてファルマが、自分の膝が痛くなって身体の重みを片方の足へかけたり、もう一方へ移したりしていた時になって、やっと再び姿を見せた。

「よし、中へ入りたまえ」と、役人は言った。

そこは一種の待合室のような部屋で、壁に接していくつかベンチがあり、窓はひとつだけだがドアがいくつもついていた。役人は窓のそばのドアへ向って行き、後を振りむきもせず彼に言った。

「私といっしょに来たまえ」

二人は、電話が何台ものった机がひとつだけぽつんと置かれている事務室へ入った。椅子の背にもたせて、片方の手で鈴筆をもてあそびながら彼を待ちうけていたのは、ドゥミトレスクであった。

「ボルザ同志をいつから知っているのかね？」

「まだ、こんなに小さかった頃からですよ」とファルマは微笑しながら言って、じゅうたんの方へ掌を下げてみせた。「私の学校で生徒として教えましたからね」

「しかし、彼がボルザだとどうしてわかった？」

ファルマは、もの悲しげに首を振りながら笑いはじめた。

「それが、事がややこしくなったのはその点なんです。昨日の昼頃までは、私はあの人こそそれだ、ヴァシレ・I・ボルザ少佐さんだと誓って言えるつもりでした。しかし私はあの人の家に行きましたが、向うでは想い出さないというし……」

「しかし、ボルザ少佐殿のところになんの用事があったのかね？　どこで彼の住所を知ったんだね？」

「まあ聴いて下さい。実はこんなわけで」ファルマは長い話をするつもりらしく、おもむろに語りだした。「いまから何週か前の七月のある日に、私は広小路を散歩していました。私はいつもあのあたり、学校のそばを散歩するのが好きなもので。私はパケ・プロトポペスクの銅像のところから広小路を歩きはじめて、ムントゥリャサのあたりであともどりしました。ベンチで一休みしていると、一台のトラックが、一度私のいる真前の一三八番地の前に停まるのを見ました。何人かの若いお巡りさんがトラックから降りて荷物を下ろしはじめました。しばらくして建物からだれかが出てきて、その人たちにすぐにもと通り荷物を積みこむようにどなりました。四階にはヴァシレ・ボルザ少佐殿が越して来られるから、と叫んでいました。そこで私は急に、あの人、ヴァシレ・I・ボルザさんがまだ小さかった頃のことを思い出しました。また、あのラビ（ユダヤ教の祭司）の息子やあの人にかかわる事件も思い出しました……」

「なんの事件かね？」ドゥミトレスクが口をさしはさんだ。

「これも長い話なんですよ。長くて、不思議な話なんです。いや、神がかり的なとも言えましょう。当時も新聞であれこれ取り上げられましたが、だれひとり納得した人はいないと思いますね。結局、迷宮入りだったと言えますね」

「どんな種類の事件だった？」と、ドゥミトレスクは食いさがった。「そしてなぜ迷宮入りになったと思うのかね？」

「迷宮入りになったというのは、結局、だれにもわけが分らなかったからですよ」ファルマはまるで急に勢いづいたようにしゃべりだした。「でも、あなたにご理解頂くためには、ボルザがはじめから、あそこに、あの地下室に、ラビの息子やダルヴァリやその他の子供たちといたわけじゃないということを知ってもらわねばなりません。ダルヴァリ・パトル、あの子がすべての張本人だったと言えます。あの子はなかなか個性的な男の子でした。私はずっとあとあとまで彼から目を離さなかったのですが、自分の飛行機に乗ったまま蛇の島とオデッサの間で消息を絶ちました。それきり行方がしれません。いまあなたにお話したこのダルヴァリが、モシ通りの他の学校に通っている自分の友人のひとり、アルデアから、一年前に彼が黒海沿岸のテキルギョルで、ひとりのタタール人の少年と知りあいになったこと、そしてこの少年は、一軒一軒別荘を訪れては、そこの蝿を根絶することで自分の生活の資を得ているということを聞き出しました。そうです、この《根絶する》という言葉がまさにぴったりだと言えます。もし私も自分の目で見なかったならば、とても信じられなかったでしょう。なぜなら、あなたに断わっておかねばなりませんが、その次の年に私もテキルギョルに行って、そのタタール人の少年と知りあいになったのです。この小さなタタール人は、まったく並はずれた子でした。いまでもその姿が目に浮かぶようです。頭をくりくり坊主にして、二つのはがねの玉のような目を輝かせている、顔立ちの整った、きかぬ気の少年でした。あの声が聞こえるようです。《お宅に蝿がたくさんいますか?》と呼び歩いていたのが……　コンスタンツァ(ルーマニアの黒海に面した港町)で小学校に通いましたから、ルーマニア語はすらすらとしゃべれましたが、ただアクセントはタタール語式でした。《お宅に蝿がいますか?》とたずね歩いていました。少年は相手の注意をひくために、まずドアを叩いて、それから玄関には入らないで廊下の外から《蝿がたくさんいますか?》とたずねるのです。こんな風に、まるで《蝿を買いにきました、でもまあほとんどただみたいな値段で悪いけど》といった少し皮肉まじりの調子でやるんです。私自身の身に起きたことをお話しましょう。彼のことは話に聞いてはいましたが、まだ一度も会ったことのない頃でした。彼の来るのを心待ちにしていました。その夏、私が部屋を借りた別荘は丘の上にあって、村の一番はずれの別荘でした。《コルネリア荘》という名でした。だから、タタールの少年も私たちのところへはほかよりも遅れて来たのです。でもともかくやって来ました。それが彼の職業だったからです。蝿退治をして自分の生活を支えていたのですから。昼下りの二時頃でした。私は昼寝をしていました。すると彼がドアを叩いている音が耳に入ってきました。《蝿がいますか？》とたずねているのです。もちろん、テキルギョルのどこの家とも同じように私のところにも蝿はいました。しかし私にもっと興味があったのは彼を知ることの方でした。《結構たくさんいるよ》と私は彼に答えました。《蝿をどうしようというんだね？》

《みんな追い払います。そして一週間のあいだはただの一匹も来ないようにします。もし一匹でも入って来たら、私は一銭も貰わなくていいです》《いくらするんだね？》と私はたずねました。《一レウです。いま半レウ銀貨一枚貰って、一週間後にもう一枚貰います。その時、あなたの部屋にただ一匹の蝿でもいたら、前に貰った半レウ銀貨はお返しします》《よし、じゃ話はついた》と私は彼に言いました。《お手並拝見といこうか！》あの、お赦し願いたいのですが、どうかお怒りにならないで下さい、ちょっとあなたにお願いがあります」と、ファルマは、今までとはうって変った調子でつけ加えた。

「言いたまえ」とドゥミトレスクは、それに応じた。

「しばらくの間だけでも椅子の上に腰をかけさせて頂きたいのですが。疲れて倒れそうなもので。リューマチの気《け》がありまして」

「腰を下ろしたまえ」と、ドゥミトレスクは椅子の方にあごをしゃくって言った。

ファルマは頭を下げ、深く息をしながら腰を下ろした。

「大変有難うございます」とファルマは言った。「私には、あなたが親切な方だとはじめから分っていました。私の仲のいい友人のドロバンツという男にあなたは似ていらっしゃいます」

「そんなことはあとまわしにしたまえ」と、ドゥミトレスクは断ち切るように言った。「君がボルザ少佐殿をどんな用件で訪ねたのかと、私はたずねたはずだ。ずいぶんまわりくどい話をはじめたが、まだ、私の質問には答えていないね」

「はあ、それがちょうど、そのことをお話しようと思っていたのです。そこの、一三八番地の家の前で、ベンチに腰かけていて、あの人が、ムントゥリャサ通りの私の学校で生徒だった頃のことを思い出しました。そこで私は彼に会いに行ってみようと、思いたったのです。あの人も、いまは出世して少佐になっておられる。昔話に花を咲かせ、学校にいた頃のことをお互いに語りあおう。彼がまだリクサンドルの消息をなにか知っているかどうかたずねてみようとね。四年生の時には、彼はリクサンドルと仲がよくて、まるで兄弟のように親しくしていましたから。このリクサンドルというのも不思議な少年で、夢想家で、一種の風変りな詩人気質の一三か一四の子でした。四年生で一三か一四歳にもなっていたというのは、学校へ上がったのが遅かったからです。数年間病気だったせいです。しかし、私の学校へ来た頃は才気溢れる少年でした。一年のあいだに二学年どころか、三学年もとびこえて進級できたでしょう——実際に、もっとあとでは高等学校でそうなったのですが…… 私は少佐さんに、彼がまだこのリクサンドルの消息を知っているかどうかたずねようと思ったのです」

「その少年はなんという名前だと言ったかね？」とドゥミトレスクは、まるで眠りから叩き起こされたかのようにびくっととび上がりながらたずねた。

「リクサンドル。ゲオルギツァ（ゲオルゲの愛称）・リクサンドルです」

「ほう、それでその少年がどうしたのか？　彼がボルザ同志とどんな関係があるのだね？」

「いろいろと深い関係があるのです」とファルマはうなずきながら言った。「兄弟のようにしていました。リクサンドルが家出をした時ボルザは彼をかくまったのです。もちろん自分の家にではなくて、空地にあったある地下室の中に。というのも、あなたに申し上げておかねばなりませんが、先ほど話した事件、ラビの息子の事件があって以来、あの少年たちはみんな、地下室や人の住まなくなったボルデイ（ルーマニアの貧しい農民が地中に穴を掘って作った家。半地下の土小屋とでも言うべきか）などに、すっかりとりつかれたようになっていたからです。当時、大学（ブクレシュティ大学のこと）の前には空地があって、それは市庁前空地と呼ばれていたのですが、そこには石材がたくさん積み重ねられていて、その石で大学のあの新しい建物が戦後に（ここでは第一次大戦後のこと）建てられたのです。いまでも目の前に見えるようです。青みがかった白色の大きな石材の山が……」

「その話はあとまわしにして」とドゥミトレスクはそれを遮った。「なにか、地下室のことを話していたね。そしてその少し前には、ラビの息子にまつわる謎の事件のことを。それがおたがいになんの関係があるんだね？」

「大ありですよ、ラビの息子は地下室の中で消えてしまったんですから。まるでこの地上に一度も存在しなかったみたいに、あとかたもなく消えてしまったんです。まるで、大地に呑みこまれでもしたように。でもひとつだけ断わっておかねばなりません。この男の子ヨジは、自分の姿が消えてしまうことを承知していたのです。それには間違いありません。みんなにお別れをつげて、みんなと抱きあったあとで水の中にとびこんで、そしてそれ以来、彼の姿を見たものはひとりもいません」

「それは本当の話かね?! それはどこで起きた話だね?」

「テイ教会のそばの、人の住まなくなった地下室の中です。しかし、すべてを理解して頂くためには全体の話をご存知にならなくては。なにしろ長い話ですから……煙草を一服つけてもよろしゅうございますか?」と、ファルマは、へり下った調子でたずねた。

「どうぞ」

「まことに有難うございます」ファルマは煙草入れをポケットからとり出しながら言った。「私は以前は大の愛煙家でしたが、いまではまあ、煙草を止めたといってもいいでしょう。たまに一本ずつといったところで。自分で巻いてつくります」とつけ加えた。「あなたは多分煙草はおのみにならないでしょう?」

「そう、のまないね」

「それは賢明ですね」とファルマは、自分の煙草を巻きながら言った。「煙草は癌になるという話もききましたからね……」

煙草の紙を濡らしてくっつけると、火をつけ、最初の一服をうまそうに吸った。それから微笑し、夢みるように目を細くして言った。

「長い話ですよ。理解して頂くには、すべてがあの先ほど話したタタール人の少年、アブドゥルに端を発していることをご承知願わねばなりません。あなたにお話しましたように、この子が仕事しているところを私も目にしたのです。部屋に入ると、床にトルコ式に膝を組んで、ふところから革製の袋のようなものをとり出すと、自分の言葉タタール語で、私には皆目わけもわからない文句をとなえはじめました。その時、私はそれまで見たこともない光景を目のあたりに見ました。部屋中の蝿が彼の頭の上あたりに黒い群れをなして集まり、そしてひと塊の糸巻のように固まったと思うと、その袋の中へすぽんと入ったのです。アブドゥルは袋の口をしめると、それをまたふところに入れ、微笑しながら立ち上がりました。私は彼に半レウ銀貨をやりました。そして丸一週間のあいだ、それも本当にきっかり一週間だけは、私の部屋にただ一匹の蝿も見かけませんでした。廊下でぶんぶんとんでいましたし、何匹かは窓ガラスにもとまっていました。しかし部屋に入ってくるのは一匹もいなかったのです。一週間後に、アブドゥルはあとの半レウ銀貨を貰いにやってきました。その翌日、すなわち少年が呪《まじな》いをして八日目に、蝿どもは、前よりも数が多いような感じでしたが、どっとまた部屋になだれこんできました。もちろん私は、またその蝿退治に少年を呼びよせました。こうして私がその《コルネリア荘》にいた三週間のあいだに、彼は三回私のところへやってきました……それが私の実際に見たことです。しかしアルデアは、もうその一年前にアブドゥルと親しくなっていたのでした。アブドゥルが彼になにを語ったのか、またどこまで語ったのかは知りませんが、ずっと後に私がリクサンドルから聞いたところでは、アルデアが秋にブクレシュティへ帰ってきた時には、アブドゥルからある秘密を教わってきていました。私の理解した限りでは、その秘密というのはどうやらこんな話です。すなわち、もしいつか、人の住んでいない、水の溜まった地下室があったならば、どんなものか知りませんがあるしるしを探せ、そしてそのしるしが全部揃っていたら、その地下室は魔力にしばられていて、そこからはあの世へ渡っていけると考えていいというものです」

「それは本当の話かね?!」とドゥミトレスクは微笑しながら叫んだ。

「ええ、アブドゥルはその子にどうやらそう教えたらしいです。あるいはもっとほかのことも教えたのかもしれませんが、リクサンドルは私にはそれ以上のことは話しませんでした。私はいずれにしてもこんなことをすべて、後にリクサンドルから聞いて知ったのです。アルデアと、リクサンドルと、そしてモシ通りのラビの息子のヨジは、人の住んでいない地下室を見つけるために、その年にあちこちの空地やブクレシュティの場末をうろつきはじめたのです。地下室はたくさんありましたが、水の溜まっていたのはそのうちの二つだけでした。そしてリクサンドルの話では、そのうちのひとつから、アルデアがアブドゥルから教わったしるしにぴったり合うのが見つかったのです」

「そのしるしというのはどんなしるしなんだね?」とドゥミトレスクがたずねた。

「それは私には分りません。話してくれませんでしたから。恐らく、なにか長さに関係があるようです。というのも、私が後に知ったところでは、少年たちは、長い杖と古い袋をひきずりながら歩きまわっていたそうですから。その杖は真二つに折れたのがあとで見つかりました。しかし、袋の方はその後見つからないままです。恐らくラビの息子が持って行ったのでしょう。私に分っているのは、というのもいま言ったようなことはみな、警察の調べで分ったことで、新聞も書いていたことなのですが、私に分っているのはリクサンドルがまずはじめに真逆さまに水の中へとびこんで、そのまま数分間水の中にもぐっていたということです。そしてそこから出てきた時には、顔は真青で、寒さでぶるぶる震えていました。そしてほかの連中に言いました。《もうちょっともぐったままでいたら、君たちはもう僕の顔は二度と拝めなかっただろうぜ》それから《でも言っとくがね、本当に美しかったよ、まるでおとぎの国みたいだったよ》とつけ加えました。それから今後はダルヴァリもやはり真逆さまにとびこみましたが、すぐに出てきました。歯をがたがたいわせて震えていました。《僕は明日もぐるよ、今日は遅いから》と仲間に言いました。それからもう二人の少年、アルデアとヨネスクがとびこみました。アルデアは水の中にもぐって泳ぐことができましたから長く水の中にいました。もうひとりのヨネスクはほとんどこごえそうになってあわてて出てきました。泳ぐのが上手だったアルデアは、幾度か水面に顔を出して、仲間たちに叫びました。《もうあれが見つからない！　さっきは一度見つかったんだが、そのあと見えなくなってしまった。かくれてしまった。なにか、すごく大きな光のようなものだった……》もう一度水底の方へもぐり、しばらくそこにいましたが、がっかりした様子で出てきました。そして少年たちに、《なにかダイヤモンドでできた洞窟みたいなもので、まるで何千本も松明が燃えているように明るかったよ……》と言いました。するとラビの息子が《それだ！》と叫びました。《僕もそれを知っている》　そしてみんなに別れをつげて、アルデアとリクサンドルと抱きあってから、水の中へ真逆さまにとびこんで、それ以後二度と上ってきませんでした。少年たちは夕方まで待ちました。それから自分たちの知っているしるしをだれにも洩らさないと誓いあった後に、それぞれの家へ帰りました。次の日にリクサンドルはラビの家へ、息子が帰っているかどうか見に行きました。息子は帰っていませんでした。そして警察が裏町の一帯で彼を探しまわっていました。二日目に立ち寄った時にも、ヨジは帰っていませんでした。そしてリクサンドルは、この出来事を私に話しにやって来ました。その時はボルザといっしょでした。ボルザは事件が起きた時にはその場に居あわせなかったのですけれど。それから調べがはじまりました。しかしはじめから難関にぶっつかりました。なぜなら、少年たちはみんなその水が深くて、二メートル以上あった、なにしろ簡単には底にとどかなかったのだからと言っていたのに、警察が行ってみると、水はやっと一メートルあるかなしといった程度でした。限なく探しましたがどこにも見つかりません。そこでポンプを持ってきて、地下室から水を全部汲み出しましたが、なんの役にも立ちません。もっと後になって、調べが再開された時に、地下室の地面が掘られると、古い壁に行きあたりました。そこで考古学委員会がくちばしを入れることになり、発掘の範囲がひろげられました。その結果、中世の要塞の跡形が見つかり、それからもっと深いところに、さらにいっそう古い人間の住居跡が見つかりました。しかしラビの息子は影も形もありませんでした」

「それは一体いつ起きたことかね？」ドゥミトレスクがたずねた。

「一九一五年の一〇月、月のはじめ頃でした。一〇月五日か六日でした」

ドゥミトレスクはその日付をノートに書きこんだ。

「その地下室は町のどの辺にあるんだね？」

「オボール（ブクレシュティのはずれにある、肉、野菜、その他の卸売り市が立つ広場）の近くで、その当時オボールとパケ・プロトポペスク大通りの端との間にひろがっていた空地にありました。私はその地下室にも行ってみましたし、考古学委員会の発掘の現場も見ました。でも、もういまはなにも残っていません。一九一六年の一一月にドイツ軍が町に入って来た時、そこを弾薬倉庫にして、退却して行く時にはそれを爆破しました。だから発掘現場は跡形もなくなりました。後に戦後になると、その空地にはびっしり家が立ち並びました。いまは、新しい家ばかりです」

「そこに、ボルザも君といっしょに行ったのかね？」とドゥミトレスクがたずねた。

「リクサンドルといっしょに来ていました。彼も事件の現場には居あわせなかったけれど、知っていたからです」

「よろしい」ドゥミトレスクは微笑しながら言った。「今日のところはこれで十分だ。また別の機会に話しあうことにしよう」

それから、しきりになにか考えこんでいる様子で、呼鈴を押した。

「校長先生をBホールへ案内したまえ」と部屋に入ってきた警官に命じた。「そして食堂の食事を出してやれ」

「まことに有難うございます」と、ファルマは椅子から立ち上り、幾度もお辞儀しながら言った。

III

それから四日して、ドゥミトレスクは再びボルザの家で昼食をとっていた。コーヒーが出された時、ドゥミトレスクは楊子をもてあそび、アルデアル（トランシルヴァニア地方の別名、ルーマニアの西部、ハンガリーに接する地方）地方の民芸品の木さじや皿が飾られている正面の壁をぼんやり眺めながら、何気ない調子でボルザに言った。

「第三課の連中が、アカデミア図書館へ行って一九一五年の新聞の綴込みを調べてみた。なんと、ファルマの言い分は正しかったよ。事件はファルマがわれわれに言った通りに起きたんだな。ラビの息子のヨジは、水にとびこんだまま二度と浮き上ってこなかった。その屍体もその後見つからずじまいだった。跡形もなく消え失せたんだ……君はこの話を一度も聞いたことがないかね？　なんにも想い出さないかい？」と彼はボルザの方を振り向いて、正面から見つめながら言った。

「だれのことを話しているのやら、見当もつかんよ」とボルザはナプキンを外し、それで顔を拭いながら言った。

「例の校長、ムントゥリャサ小学校のファルマ校長のことだよ」

ボルザはなにも言わずにナプキンをテーブルに置くと、椅子によりかかった。

「そうだ」とドゥミトレスクは、微笑しながら続けた。「彼はわれわれのところにいるよ。取り調べのためにひきとめておいた。私にはどことなく怪しいと思われるのでね……」

「なるほど」ボルザは顔を赤くしながら言った。「それで、君たちは門番も別人に変えたんだな」

「それはまったく無関係だよ」とドゥミトレスクは遮って言った。「前の門番には別の任務が与えられたんだ。ところで君の校長、ファルマの話に帰るが、あれは不思議な人物だと言えるね。驚くべき記憶力を持っているよ。どんな小さなことでも憶えているんだ。君のことも話していたが、小学校四年の時……」

「おい、君に言ったじゃないか、私はあの男なんか知らないし、彼の学校に通ったこともないと。私はテイの地区の生まれで、幼年時代はそこで、テイで過ごしたと言ったじゃないか……」

「そら、そこが困ったところなんだ。君がその話をはじめたから言ってしまうがね。君が子供の頃には、テイ通りには小学校は三つしかなかった。二つが男子校で、ひとつは共学だった」

「で、それがいまのことと何の関係がある？」とボルザは落ちつかぬ様子で相手の言葉を遮った。

「それがあるんだな、というのは、その三つの学校のどれひとつにも君の名前は学籍簿にのっていなかったから……」

「しかし、どこからそんなことを聞き出してきたんだね？」

「それは、取り調べが行なわれたからさ……」

ボルザは急に顔面蒼白になると、相手を見据え、それからテーブルを握りこぶしで叩いた。

「アネタ！」と、彼は呼んだ。「急いでコーヒーを入れて、ラム酒もひと瓶持ってきてくれ！」

「あの校長を私が怪しいと思ったことは君に言ったな」と、ドゥミトレスクは、相変らず穏かな調子で続けた。「そこで私は調べてみたんだ」

「あの校長の野郎め、どこにいるんだ、思いきり痛い目にあわせてやる!」ボルザは再びテーブルを拳固でなぐりつけて、どなりだした。「あいつを一晩でもいいから私に任せてくれ、あいつの喉元から学籍簿をひっぱり出してやるから。密告や陰謀をたくらめば、どんな目にあうか思い知らせてやる!」

ドゥミトレスクは肩をすくめて苦笑した。

「ボルザ同志」と彼は平静な調子で言った。「校長に腹を立ててもはじまらんよ。少なくともこの問題では、校長にはなんの罪もないんだから。怪しいところがあるのはこれは別問題だ。そして彼が君に会いにきて何を狙っていたのかわれわれがつきとめたら君にも伝えようし、君も喜ぶだろう…… しかし、ムントゥリャサ小学校に関しての君の問題では、彼にはなんの罪もない。君は一九一三年から一九一六年にかけて、ムントゥリャサ小学校の名簿にのっているし、テイのどの小学校にも君の名はない。そして君は小学校を終えたと宣誓しているし、事実、小学校も終えていなければ一足とびに第一級少佐の位につけてはもらえなかったはずだから、君にとってファルマの説に反対することはなんの益にもならないよ。それにだ、君はムントゥリャサ小学校に通っていて、そのことを忘れたということも十分ありそうじゃないか。それ以来、三〇年以上経っているんだから。いまから三〇年前に起きたことをだれがそんなに正確に憶えているものかね?!……」

「そうだな、忘れたのかもしれん」とボルザは考えこんだ様子で言った。「どうも君のいう通りらしい。私は忘れていたんだ。なにしろ子供の頃は苦労したからな。私は庶民の出身で世の荒波にもまれ通しだったからな……」

「しかしまあ、君の身に振りかかったことは、どうだい、驚くようなことばかりだな！」とドゥミトレスクは感歎の声を放って言った。「なんという友人たち、なんと風変りな人間たちだ。まるで君たちは小説中の人物のようだな」

「なあに、まるで子供だったからな」とボルザは、気まずい顔で無理に微笑しながら言った。

「いや、それとは違うな」とドゥミトレスクは、一抹の愁いをふくんだ声で続けた。「君たちの生きた時代は、今とは全く別の時代だ。君たちの少年時代は第一次大戦の前だ。それでも君は、頭の鋭い、大胆な少年たちと友だちになるという幸運に恵まれたんだ。とくにあの、リクサンドルなんとかという少年、ほら、弓を射ていた子……」

「そういえば、なにか思い出すようでもあるな」とボルザは夢みるように言った。「でも正直に言って」とつけ加えた。「一番面白かったことは忘れてしまった。いまそう言われてみると、弓を射るのがひとりいたみたいでもあるが、しかし、それ以上は思い出せん」

アネタは、コーヒーとラム酒の瓶をのせた盆を持って入ってきた。それをテーブルに置くと、自分も腰を下ろそうとしたが、ボルザが彼女に目配せしたのでばつが悪そうに微笑しながら瓶のふたを開け、二つのコップに注ぐと出ていった。コップのラム酒をぐっと一息に飲み干すと、ボルザは瓶をとってまたすぐコップにいっぱい注いだ。

「それで、これからどうするつもりなんだね？」とたずねた。「彼をまだひきとめておくのかね？」

ドゥミトレスクは楊子を指のあいだでもてあそびながら、しばらくためらってから言った。

「こちらの思い通りには決められんね。まず供述書を書き終えてもらわねばならん。供述書が書かれるにつれて、こちらは調査をする。とどのつまり、あいつが君から何を聞き出そうとしていたか分るはずだ。というのも、あいつにはたしかに怪しいふしがある、これだけはたしかだからな。このムントゥリャサ小学校に関する一切の話は、時を稼ぐためにしゃべっているんだ。なに構わんさ」と、微笑しながらつけ加えた。「しゃべらせておくさ。こっちも時間はある。焦ることはない」

「私になんの用事があったんだろう、とずっと考えているんだがね」ボルザは考えこんで言った。

「あいつに訊問した時、あいつはなんと言った?」

「そこだよ、あいつはその点で最初のへまをやったんだ」ドゥミトレスクは急に元気をとりもどしたように言った。「自分ではへまをやったと気づいていないがね。しかし私は二度目にあいつの長話を聞かされた時に、あいつはなにかを洩らした、思わず自分の正体をさらけ出した、そしてわれわれに重要な糸口を与えてくれた、と確信したね。あいつは、自分が君に会いに来たのは、君といろいろ話をし、君の子供時代の思い出話にふけったり、君がまだリクサンドルの消息を知っているかどうか、君にたずねるためだったと言っていた。ところで、君にも分ってもらえるかどうか……」

「そうだな、なんとなく分るような気もするが……」

「え、そうだろう?! ファルマの話では、このリクサンドルという子は、君とそしてもうひとりの少年、ダルヴァリという子と大変仲がよかったということだ。そしてダルヴァリは、われわれの確認したところでは、いいか一九三〇年にだよ、蛇の島とオデッサのあいだで、自分の乗った飛行機もろとも行方不明になって、その消息はとだえてしまった。さらにロシアへ逃亡したかもしれないという手がかりもないではない。しかもこれは、一九三〇年のことなんだよ。われわれはいまも調査を続けている……しかしファルマが、ダルヴァリが士官学校を終え、パイロットの免許をとったずっと後でさえ彼に会っていた、それも幾度も会っていたということは十分考えられる。なぜなら本人の自供によっても、ファルマは、ダルヴァリの一番の親友、すなわちリクサンドルとしょっちゅう会っていたのだからね……その辺から糸口を探さねばならないと思う」ドゥミトレスクは、とらえどころのない瞬き方をしながらつけ加えた。

「それはちっとも憶えていないね！」とボルザは途方に暮れた調子で言った。

「そして後に、君たちが弓を射ていた時の様子を私に語った時に、私は確信を持ったよ。ファルマが君に会いに来たのは、リクサンドルとダルヴァリのことで君を打診し、君がその後なにか知っているかどうか聞き出すためだったとね。なぜなら、これは君も憶えていると思うけれど、君たちはみんな市庁前の空地でおちあって、弓を射ていたんだからね」

「そうだな、それはやっていたね」とボルザはうなずきながら言った。

「そこでだ、ほかでもなく、彼に、そのリクサンドルにあんなことが起きたのは、君も妙だと思わないかい？」ドゥミトレスクは彼を正面から見つめながらたずねた。

ボルザは苦虫を噛みつぶしたような顔をしたが、それから、コップを摑んでラム酒をぐっと一息にあおった。

「逆立ちしても思い出せそうにないね！」と叫んで、ナプキンで口の端を拭いはじめた。

「それじゃ君は健忘症だな」とドゥミトレスクは微笑しながら言った。「君は記憶を無くしてしまったんだな」

「いや本当に、君の言う通りだよ。私はなぐられたせいで記憶を失ったんだ。警察署の地下室でどんな拷問をうけたか、君には話したと思うが……」

「なにしろ、あんなことは、たとえ三〇年いやもっとそれ以上の年月が経っても忘れられるものではないんだがな」とドゥミトレスクは続けた。「君たちは空地に集まって弓を射ていた。君たちは、もちろんその時真上の空へ向って矢を放っていた。君たちがリクサンドルの矢が見つからなくて恐くなって以来のことだ。あの事件は最初から君たちに頭の痛い話だった。君たちはみんなで、一二メートルから一五メートルほどの距離に矢をとばしていた。そしてリクサンドルが弓を射た時、君たちは矢が石材の山の上を――ほら、君も憶えているだろう、大学の増築のために、その空地に置かれていたあれだ――その石材の上を越え、空地を越えて、ブラティアヌ（一九世紀の代表的政治家、自由党の創立者）の銅像の方向へ飛んで行くのを見た。君たちは、肝をつぶしてその矢のあとを追って行った。だれか通行人に当りはしないかと心配だったんだ。君たちは、その矢を大通りでも探したし、銅像のあたりでも探したが、見つからなかった。そしてそれ以来、真上の空へ矢を放つようになったんだ。それぞれ力に応じて一二メートル、一五メートル、最高でも二〇メートルぐらいまでの距離で矢をとばしていた。ところでリクサンドルの順番がまわってきた時、君たちは彼の矢が飛んで行くのを見た。君たちはそれが遠ざかって行くのをいつまでも見守っているうちに、みんな首筋が痛くなったほどだった。そしてそのうち、矢は君たちの目に見えなくなった。そこで君たちは矢が再び地面に落ちてくるのを待ちうけて、その石材の山のそばに腰を下ろした。君たちは恐怖のとりこになって待っていた。なぜなら、矢がすごい勢いで落ちてくるのではないかと心配だったからだ。それで君たちは、矢が当らないようにと、石材のそばに坐っていたんだ。君たちはそうして約二時間待った。しかし、矢は二度と落ちてこなかった」

「それは驚くべき話じゃないか！」とボルザは信じられないといった顔で叫んだ。「それはいつ起きたことだね？」

「ファルマの話だと、一九一六年の春、おそらく一九一六年の四月から五月にかけての頃、復活祭の休みの時だそうだ。え、どう思う？」彼は意味ありげに微笑しながらたずねた。「君は怪しいと思わないかい？　その関連がわからないかね？……そのために君に会いに来たんだよ」と急に声を低くしてつけ加えた。

「そうだな、そのためだな」とボルザは打ちひしがれた様子で答えた。

ドゥミトレスクは機嫌がよくなって笑いはじめた。そして再び自分のコップにラム酒を注いだ。

「まあ、あまりやきもきするなよ」と言った。「そのうち奴の尻尾を摑むからな。少々辛抱が肝心だ。あの男にリクサンドルとダルヴァリについて知っていることを洗いざらい書かせているよ。いままでに紙の補給を二回請求したよ。三日のうちに二回だ。上手に淀みなく、味のある文章を書くが、ただ字がなかなか読みづらいんだ。昨日までに書いた分は、いまタイプで打たせているがね。もっとも、あの男のくせで、またえらくまわりくどいところから話をはじめているがね。私は今日の午前中いっぱいかかって読んだが、まだダルヴァリの話が出てこないんだ。君たちの仲間の女の子で、オボールの出身のオアナ、君がまだ記憶しているかどうか、居酒屋の娘のオアナについて長々と話を書き綴っているよ。これもまたすごい女だね。背丈が二メートル四〇というんだから。ファルマは結末の方から書き出して、オアナがあとで、あのエストニア人と結婚した後に、二人ともドルパト（エストニアの町）大学に自分たちの遺骸を寄贈した顚末から書いているよ。私はこの長話の中で、どこが本当の話かたしかめるためにドルパトで調査してもらっている。いまその結果を待っているところだ」

IV

その週いっぱい、そしてその次の週も、ファルマは木の机の上にかがみこんで書きに書き続けていた。二日目の夜から彼には、建物の旧館の方にある別の部屋、マットレスのない鉄製の寝台と、椅子一脚、机がひとつあるきりの小部屋が与えられた。窓はひとつあったが正面の灰色の壁しか見えなかった。一日に二回、看守が彼に食堂から食事を運んで来て、受けとるたびに署名をさせた。紙がなくなると机の前から立ち上ってドアを叩いた。看守は彼から書き終えた原稿の束を受けとって行き、それからまもなく新しい紙を一抱え持ってひきかえしてきた。ファルマは紙の両面に書いていた。なぜなら第一回目に紙がなくなった時、そうするように言われたからであった。訊問に呼び出されるたびごとに、彼はもっと読みやすい字で書くように注意をうけた。そしてファルマは、一字一字をはっきり書くように努力するのだったが、すぐに思い出に夢中になってしまい、他人にはきわめて読みにくい我流の書体にもどってしまうのであった。

ファルマは、自分の字が読みにくいせいでこんなにひんぱんに訊問に呼び出されるのではないかと疑っていた。時には、昼間に書いたことを夜話すように求められることもあった。看守が彼を連れにきて二人で出かけるのだったが、いつもそのたびに違う道を通って行くように思われた。そのたびにたえず別の廊下を通り、別の階段を下りたり上ったりし、時には暗かったり、ある時には光がまぶしいほど明るかったりする大きな広間を通り過ぎたりした。そんな広間では、たいてい片隅のベンチに腰を下ろし睡魔と格闘している警官の姿をあちこちに見かけるのであった。出しぬけに、看守は彼をある壁の前で立ち止まらせ、呼鈴を押した。まもなくエレベーターが停まり、それにのって数階上る時もあれば下る時もあった。それから看守はあるドアをノックし、明るい光がみなぎっている部屋へ招じ入れた。大きな机の向うで、鉛筆をもてあそび、微笑しながらドゥミトレスクが彼を待っていた。

こういう状態が二週間続いた。それからある朝、看守がドアを開けて敷居のところから彼を呼んだ。

「私といっしょに来たまえ」

ファルマは一心不乱に書いていたが、困ったような顔をして振りかえった。

「やっといま書きかけたばかりですよ」と彼はへりくだった声で言った。「今日はすごく油がのっていたんですがね……」

「命令でね」と看守はにべもなく言った。

ファルマは、ペンを吸取紙の上にきちんと重ね、インク瓶のふたをして部屋の外へ出た。今度は、いつもに比べて少ししか歩かなかった。廊下の端でひとりの警官が二人のくるのを待っていた。看守はファルマを警官に引きつぎ、警官は彼を新しいエレベーターの方へ連れて行った。中庭まで降り、壁に沿った歩道を数歩歩いて建物の別棟に入った。その一階で警官はあるドアの前で立ち止まり、ノックした。ひとりの青年がドアを開けたが、いつも笑っているような晴れやかな顔をした若者だった……

「君がムントゥリャサ小学校の校長、ファルマだね？」と彼にたずねた。

「ええ、私です」と彼は丁重に頭を下げながら答えた。

「私といっしょに来たまえ」と若者は続けた。「君は下で待っていたまえ」 彼は警官に向って言った。

二人は広間を横切って、それから若者はあるドアを開け、ファルマにひとりで入るように合図した。

窓がたくさんあり、贅沢な調度の揃った広い部屋だった。机のところには、平べったい鼻ときわめて薄い唇の、鬢が白くなった五〇歳ほどの男がひとり坐っていた。

「やあ」とその男はファルマに快活に声をかけた。「ファルマ、オアナがどうなったか話してくれたまえ……」

「なにしろ長い話でして」とファルマは途方に暮れたといった様子で話しはじめた。「オアナの話をよく理解して頂くためには、まず彼女の祖父に当る森番の不運を知ってもらわねばなりません。私の考えるところでは、すべては彼女の祖父が――この祖父は一九一五年頃に私が知りあいになった時、ほとんど九六歳になっていました――、シリストラ(ドナウ川南岸の現在ブルガリア領の港町)のパシャ(トルコ支配時代の地方長官)の長男との誓いを破ったことに由来しています。この森番はまだ子供だった頃に、シリストラのトルコ守備隊の弾薬庫を一度爆破しようとして、トルコ兵たちに捕まりました。罰として、袋に入れられてぐるぐる巻きにされ、足に石をつけてドナウ川に放りこまれることになりました。というのもトルコ人たちは異教徒(すなわち非回教徒)たちの子供をこういう風に罰していたのです。首吊りの刑にも首切りの刑にもせず、溺死させるのでした。ところでこの子供は、パシャの長男のおかげで救われました。この少年が彼を奴隷として自分にくれとせがんだのです。二人は同じ年頃でしたので、すぐに仲よくなって兄弟同様の交わりをしました。こうして一〇年ほどをいっしょに過ごしました。パシャのこの息子はセリムという名前でした。そしてセリムは、もしも森番が誓いを破らなかったら、自国で高い地位にまで上ったでしょう。しかし事がどういう顛末になったか知って頂くためには、セリムが十六歳になった時に、その父親、パシャの意志で結婚させられたことを申しあげておかねばなりません。彼は一度に二人の妻と結婚させられました。ファナール（イスタンブールの一画にあったギリシア人街）のトルコ化したギリシア娘と、そしてトルコ娘と……」

「いや、ファルマ」と机の向い側の男が彼の話を遮った。「その話は止めにしてくれ。私は君に、はっきりした質問をしたはずだ、オアナはどうなったのか、とね」

「私には、その話を籔から棒にはじめるのはやりづらいのです」とファルマが言いわけをした。「なぜなら、私の考えではすべてが森番のことからはじまっているからです」

「森番のことはうっちゃっておきたまえ」と再び相手は微笑しながらファルマを遮った。「オアナについて君の知っていることを話したまえ。君がいつ彼女を知ったのか？　またどんな女だったとか」

ファルマは途方に暮れた様子で首を振っていた。それはまるで事が起った通りに話をさせてもらえないのなら、どうして自分の話が理解してもらえるだろうか、と心に問うているかのようだった。

「私が一九一五年に彼女を知った時には」と彼はだしぬけに話しはじめた。「彼女は一三歳で、背丈はもう二メートル近くありました。しかし背が高かっただけではありません。たくましく、肩幅が広く、そして彫像のように美しい身体をしていました。黒い瞳をして、長い金髪を肩に垂らして、はだしで歩きまわり、コサックの女のように鞍をおかないで裸馬にじかにとび乗るのでした。それも癇の強い馬にばかり乗っていました。まだ幼い頃から、馬喰たちが彼女を馬市に連れて行ってはその馬に乗せていました。そういった頃に私はオアナを知ったのです。私は今でもはっきり憶えています。私の学校の父兄のひとりであるアルメニャスカ通りのある商人が、自分の息子が男の子たちとなぐりあいをして、ベッドに臥せっていると苦情を言いに私のところに来ました。《どこでなぐりあいをしたのかね？》と私は彼にたずねました。《私にはそれを言いたがらないのですよ》というのが商人の返事でした。《まあい、私があなたといっしょに行ってきだすから》と私は帽子をとって彼といっしょにアルメニャスカ通りへ行きました。私だけが少年の部屋へ入って行きました。少年はベッドに寝て、青白い顔をしていました。《おちびさん、君はだれとなぐりあいをしたんだね？》と私は彼にたずねました。《オアナとです》と彼は答えました。《オボールのファニカ小父さんとこのオアナです。でも、僕たちはなぐりあったのではありません。ただ力比べをやっただけなんです。僕が取っ組み合いで一番強いもんだから、仲間たちが僕をオアナと勝負させたんです。そして、オアナも僕を組み伏せるつもりはなかったんで、ただ僕を抱えあげて、半分ふざけて僕をくるくるまわしていたんです。そのうちに仲間のうちのひとりが、〝おい見ろよ、オアナは下ばきをつけてないぞ〟と叫んだんです。それでオアナは僕を投げとばしたので、僕は地面に叩きつけられちゃったんです。そのあと男の子たちが僕を家まで運んでくれました》《分った》と私は彼に言いました。《なに大したことはない。すぐによくなるよ》そして廊下で私を待ちうけていた彼の父親に会って、私は言いました。《四、五日家に寝かせておきなさい。欠席の方は私がなんとか理由を見つけておくから。しかしお医者さんにちょっと診察してもらっておいた方がいいかもしれませんよ》　それから私はオボールに出かけました……　あのう、もし失礼でなかったらあなたにお願いしたいことがあるのですが……」とファルマは、今までとはちがって調子でつけ加えた。

「言いたまえ」

「しばらく椅子の上でひと休みすることをお許し願いたいのです。リューマチの持病があるものですから」

「掛けたまえ」と机の向い側の男は許しを与えた。

「まことに有難うございます」とファルマは、机の左手の椅子に腰を下ろし、掌で膝をさすりはじめながら言った。「そうです」と彼はしばらくして再び話をはじめた。「すぐその日の午後、私はオボールへ行きました。ファニカ・トゥンスの居酒屋はすぐに見つかりました。下町一帯の住民が知っている店ですから。私はまず居酒屋の方へ足をふみいれて、トゥンスがいるかどうかたずねました。酒屋の主人はがっしりして、赤ら顔の、その他の点では普通の人間となんにも変らないまともな人間に思われました。《君にはオアナという娘がいるね》と私は話しかけました。《怪力の持主のようだね》《私とあれの母親は、私たちなりに人事をつくしたのですが》と主人は私に答えました。《それ以上は神さまの御《み》心なのです……》　私はその時彼がなにを言うつもりだったのかすぐには分りませんでした。けれども中庭に出てみて私には得心がいきました。それ以上は神さまの御心だ、というのは、まことにもってその通りでした。神はことのほか恵み深かったのです。オアナは、山のような大男の若い下男のひとりと取っ組みあいをやっていました。若者は長靴を脱いでズボン下だけになっていました。全身の力をこめてふんばっていましたが、もう息が続かなくなっているのが分りました。オアナは彼の腰の上あたりを摑んで、相手が息ができないのではないかと思われるほど強く羽交いじめにしていました。それから急に彼と組みあったまま何回かくるくるまわると、彼を地面に引き倒し、そして彼の両肩をしっかとほこりっぽい土の上に押しつけるためにその上に馬乗りになりました。そしてその時に、私はあの少年の言ったことが間違っていなかったことを知りました。その当時、女たちはまだスカートの下に一種の長いパンタロンをはいていました。しかしオアナは下になにひとつ着けていませんでした。まるで、彫像のようでした。私の言いたい意味は分って頂けると思いますが……」

「美しかったそうだね?」と相手は夢見るようにたずねた。

「彫像のようでした」とファルマはうなずきながら、同じ言葉をくりかえした。「彫像というものは、その出来が立派であればどんなに大きくても目ざわりにはなりませんからね。オアナがまさにそうでした。もしも素っ裸で歩きまわったら、おそらく人並はずれて大きく、たくましい身体をしているのが気づかれなかったでしょうよ。しかし服を身につけているあの姿を見ると、人は恐れをなしました。まるで巨人の娘のように見えました。こういう風にして、オアナの話は取っ組みあいからはじまったのです。なにしろ長い話です……煙草を一服吸ってもよろしいでしょうか?」しばらく口をつぐんだ後に、彼はたずねた。

「どうぞ」と相手はまるで追憶の夢からさめたばかりのように、心ここにあらずといった声で答えた。

「まことに有難うございます」

煙草入れを取りだして、一本の煙草に火をつけた。

「どこからはじめましょう?」と最初の一服を深く吸いこんでから、彼は半ば自分に問いかけるかのように言った。「あなたに先ほど言いましたとおり、一九三〇年頃までの長い年月にわたる話なのです。もし私の希望通りに話させて頂けるなら、一八四〇年頃から話しはじめねばならないでしょう。なにしろ百年近くにわたる話なのです。しかしまあ、最初の方のことはご存知であり、私が彼女を知った年、すなわち一九一五年の頃までの話は終ったと考えましょう。少年たちが、それより数カ月前に彼女に会って仲よくなったのは、やはり、ああして人の住んでいない地下室を探して裏町のあたりを歩きまわっていた頃です。そして、みんなの中でオアナが一番親しくしたのはリクサンドルとダルヴァリでした。そして次の年、一九一六年の夏には少年たちは土曜日にオボールにやって来て、オアナが彼らを四輪馬車に乗せると、みんなでパセリヤの森にいる彼女の祖父の所へ出かけ、月曜日の朝までそこにいました。オアナは、彼らが気にいっていました。みんな頭のめぐりが早く、想像力に富む少年たちでしたから。というのも彼女も想像力が豊かな方だったからです。もっとも、まもなくお分りになるように彼女流のやり方ではありましたが。パセリヤの森では、夜になると、たくさんの事が起りました。私もその全部を知ったわけではありません。しかし、私の知ったことだけでも、この少年たちがなぜあれほど異常な人生をたどることになったかを理解するには十分でした。というのも、あなたに知って頂かねばなりませんが、当時一四歳ぐらいだったリクサンドルを除いてほかの五人はまだほんの子供で、一一歳から一二歳ぐらいでした。最初の出来事については、私はヨネスクから聞きました。その夏、六月のはじめ頃のある夜だったらしいのですが、ヨネスクは喉がからからに渇いて、そのために目がさめ、水桶を探しに外へ出ました。少年たちは森のちょうど中心にある森番の家の横の、納屋のような小屋に寝ていました。そしてヨネスクが水を飲んだあと森の方を見やると、幻のような姿が見え、恐くなったと言います。しかしすぐにそれがオアナだと気づいて、はだしのまま彼女のあとを追って行きました。このヨネスクという少年は生まれつき好奇心の強い子でしたから。月が出ていたので彼女の姿を遠くからでも見ることができました。しかしあまり遠くまで行かずにすみました。オアナは森の空地のはずれに立ち止まって、その着ていたものを脱ぎすて、素っ裸になりました。まず跪いて、雑草のあいだでなにか探し、それから立ち上ると、なにか歌ったり、つぶやいたりしながら、丸く円を描いて踊りはじめました。少年には、言っていることの全部は聞こえませんでしたが、くりかえされる《ベラドンナ（種々の魔力を持つとされる毒草）よ、優しい奥方よ、私を一カ月のうちに結婚させてね》という文句は聞こえました。まだほんの子供である彼は、それが恋のまじないであり結婚のための魔法であることに気づきませんでした。そこの、オアナから数メートル離れた一本の木の後ろにかくれて、彼女をおどしてやろうと待ち構えていました。すると、その時急にオアナが踊るのを止めて、両手を腰にあて、《ねえ、私を結婚させて！ 私はもう身体中の血が頭にのぼっているのよ！》と叫ぶのが聞こえました。そして次の瞬間、少年はその場に立ちすくんでしまいました。いきなり草のあいだから幻が立ち現われたからです。それは、ぼろを身にまとい、髪をふり乱し、首に金の首飾りをした老婆のような姿をしていました。その幻はオアナの方へ向っておどすような恰好で走りよると、《いいかげんにおし、この気違い娘！》と叫びました。《おやめ、お前はまだ一四にもなっていないじゃないの！》　オアナはその場に膝を折って坐ると、頭を垂れました。《気を鎮めなさい》と老婆は続けました。《お前に定められた運命は、私の力ではどうにもできないのだよ。お前にも結婚の時が来たなら、山へ行くがいい、お前の夫になる男はそこから来るのだから。お前と同じくらいの怪力の持主で、二頭の馬にまたがり、首に赤いマフラーを巻いているだろうよ……》そう言いおわると、幻は草のあいだに消えていったと言います。しかしそれ以来、オアナが山のことしか考えなくなるには、それで十分でした。でもその秋にはルーマニアは参戦（第一次大戦のこと）し、オアナは山へ登るにはいたりませんでした。もっとも、そこへ出かけることは出かけたのです。ただしひとりではありません。少年たちもいっしょに連れて行ったのです……」

「しかし、彼女の父親は、一四歳の娘をよくそんなに一人で、少年たちといっしょに山へ行かせたもんだね？」と机の向う側の男はたずねた。

「ああ、それは」とファルマは微笑して言った。「また長い話です。一昨日、私はその一部を書きました。私の書いたものにあなたが目を通す暇がおありだったかどうか知りませんが。オアナを彼女の父親が黙って行かせたのは、その年にまた、あのドクトルが森番のところへ来ていて、このドクトルには不思議な力が備わっていたからです」

「なにを研究しているドクトルかね？」と相手はたずねた。「そのドクトルは何という名前だったのかね？」

「彼の本当の名前が何だったのか、それを知っていたのは森番だけです。彼はドクトルを子供の頃から知っていたからです。人々が彼をドクトルと呼んでいたのは、彼がいろんな薬草に詳しく、またしょっちゅう遠いよその国々に出かけていたからです。たくさんの外国語を知っていて、いろんな学問にも通じ、簡単な、村の婆さんたちの用いる薬草で、人間の病気も、家畜の病気も治療していました。しかし、彼の最大のおはこは奇術でした。ちょっと類を見ない魔術師であり、奇術師であり、手品師であり、その他神さまだけがご存知のなんでも屋でした。なにしろ、およそ信じられないようなことをやってのけていましたから。それをみな自分の楽しみのためにだけ、小さな市《いち》や縁日でだけやってみせ、ブクレシュティでは決してやりませんでした。また、彼の道楽のひとつに、数人の子供を六頭立ての馬がひく二台の馬車にのせて、聖ペトルの日から聖マリアの日にかけて、一、二カ月のあいだ村々をめぐり歩くというのもありました。その年、すなわち一九一六年には、オアナ、リクサンドル、アルデア、そしてヨネスクを連れて出かけました。その時はクンプルング（南カルパート山脈南麓の古い町）へ向って出発し、そこから山の方へ道をとりました。しかし、山へは登れませんでした。なぜなら、その時ルーマニアが参戦したからです……（南カルパート山脈の北側、トランシルヴァニア地方は、オーストリア・ハンガリー帝国領で、この地帯は、ルーマニアの参戦と同時に激戦地となった）いやぁ、たいした奇術師でしたよ！」

とファルマは首を振りながら言った。

「君は、その男に会ったのかね？」

「私は、彼が仕事をしている、いやつまり手品をやっているところを幾度か見ました。一番はじめの時には、森番のところで、中庭でやっているのを見て――まあ、私は驚いたのなんの、思わず十字を切りましたよ。ある日曜日の夕方で、私たちは帰りの馬車に馬がつながれるのを待っていました。私たちは総勢一〇人ぐらいで、みんな次の日にブクレシュティで用事があったのです。《まあ、ちょっと待ってくれ、いまいいものを見せてやるから！》とドクトルが叫んで、みんな静まるようにポンポンと手を打ち鳴らしました。それから両手をポケットにつっこみ、眉をしかめて考えこんだ様子で、私たちの前を行ったり来たりしはじめました。急に片手を上に振りあげてなにかを摑みました。私たちが目をこらして見ると、それは一種の長い定規のようなものでしたが、ただしガラス製のものでした。それを地面において、引っ張り、長く延ばしはじめました。そしてあっというまに、それは厚くて高さが一メートル半くらいのガラス板になりました。それをしっかり地面に据えつけると、その一方の側を摑んでまた引っ張りはじめました。するとガラスは彼の後についてどんどん延びていくのです。そして二、三分のうちに数メートル四方のガラスの水槽、あの水族館にある水槽を巨大にしたようなものができ上りました。そして私たちは、地面から水がすごい勢いで噴出して水槽の縁まで水がいっぱいになるのを見ました。ドクトルがさらに幾つかの形を手で空中に描くと、大きい、色とりどりの、種々様々の魚が水槽の中で泳ぎはじめたのを私たちは見ました。私たちはまるでその場に凍りついたようになっていました。ドクトルは煙草に火をつけ、私たちの方を向いて言いました。《近づいてごらん、そして魚たちをよく見て、君たちにどれをあげたらいいか私に言いなさい》私たちは近づきました。そして青色のひれをつけ、ばら色の目をした大きな魚に目をとめました。《ほう》とドクトルは言いました。《君たちはいいのを選んだね。これは Ichtys columbarius《イクティス・コルンバリウス》といって、熱帯地方の海にいる珍しい魚だ》そう言うと、煙草を口にくわえたまま、まるで影のようにガラスの中を通り抜けて水槽の中へ入りました。そして、私たちみんなによく見えるように、しばらくの間、水槽の真中の水の中で魚たちに囲まれて立っていました。口に煙草をくわえて、それをふかしながら歩きまわっていました。それから片手を延ばしてコルンバリウスを摑みました。入って行った時とまったく同じように、口の端に煙草をくわえ、片手に魚をつかんだまま、ガラスを通り抜けて出てきました。そしてその魚を私たちに見せてくれました。私たちは、ドクトルの手の中でもがいている魚も眺めましたが、それよりも目を皿のようにして見つめていたのは、彼の姿でした。ドクトルの身体にも顔にも服にも一滴の水もついていませんでした。私たちのうちのひとりが魚を片手に受けとりましたが、すぐに草の上に落としてしまいました。そして、私たちはみんなそれを捕えようとしてとびかかりました。ドクトルは笑っていました。魚を摑みあげると、水槽に近づき、ガラス越しに片手を延ばして魚を水に放ちました。それから両手をうち鳴らすと、たくさんの魚もろとも水槽は忽然と消え去ってしまいました……」

「大魔術師だなぁ！」と机に坐っていた男は叫んだ。

「ほんとうに偉大な魔術師です」とファルマは言った。「でも、いまあなたにお話したようなことは、彼が市《いち》や縁日で、とくにオアナと少年たちを連れていったあの夏にやっていたことに比べれば、ものの数でもありません。彼の手並をパセリヤの森で見て以来、彼の奇術をもう一度見たいという執念に私がとりつかれても無理とはお考えにならないでしょう。そこで私は汽車で彼らのあとを追って行き、クンブルングから四〇キロほど離れたドムネシュティの町で、彼らに追いつきました。そこでは家畜の大きな市が立っていて、私たちはみんな五日間そこに滞在しました。ドクトルはそこで一日に二、三回ずつ奇術をやっていました。しかもそのたびに新しい出しものです。また、そのたびごとに前宣伝のやり方も変えていました。というのも、彼はなんでも芝居の初日のように華々しくやるのが大好きでしたから。最初の日には、リクサンドルはまるで王子のように華やかな扮装をして白馬にまたがって現われ、ひと言も口をきかずに市《いち》をぐるっとひと回りしました。私が、それがリクサンドルだったというのは、その朝に彼に会い、彼と話をしていたからです。そうでなかったら私にはとても彼であるとは分らなかったでしょう。なぜなら、そもそもドクトルはその日に彼の姿をまったくつくり変えていたからです。ドクトルは、彼を二〇歳前後の若者と同じくらいの背丈にし、身体もがっしりしたものにし、そして、当時のはやりに従って、ふさふさとした豊かな髪を背中にまで垂らしている若者の姿につくりかえていたからです。顔まで変えたとは言えないけれども、でも本来の彼の顔ではなくて、もっとずっと美男子で、そしていつもと違う深くて気品があり、憂愁を秘めた眼差をしていました。もうその服装のきらびやかなこと、馬のすばらしいことと言ったら、言葉に尽せないほどでした。たくさんの弥次馬が彼のあとをついてまわり、こうして、ドクトルのテント小屋まで何百人もの人がぞろぞろとついてきました。それは大きな町を巡業するサーカス団だけが普通持っているような、大きなテント小屋でした。ドクトルが、どうしてそれだけのものを普段村々をまわる時にひいて行くあの二台の馬車におさめておくことができるのか、私にはどうしても分りませんでした。そしてテント小屋の前で、人々をヨネスクが待っていました。そのヨネスクも、もう見分けがつかないほど変身していました。背が高くなり、太り、そして黒人のように真黒な顔と厚い唇をしていました。トルコ式のもも引きをはき、上半身裸で、トルコ式の刀剣を手にして、《さあ、いらっしゃい、私たちはオアナのための持参金を貯めるために働いています！》と叫んでいるのです。そして見物客たちがテントに入ると、黄金の脚がついている華麗なテーブルに坐り、金貨の袋に取り囲まれているアルデアが、《お代は五バニ（バニは一レイの百分の一）だよ、五バニだよ、でも、お釣りをたんまりはずむよ》と叫びながら、彼らを迎えるのでした。人々は五バニを出しては、釣銭として金貨を一枚ずつ受けとっていました。《でもこの金貨はもう通用していないんだよ、役には立たないよ》とアルデアは袋に手を突っこんで、金貨を摑み出しながら人々に言っていました」

「大した奇術師だね！」と机の向うの男は叫んだ。

「なかなか大した奇術師ですよ！」とファルマがそれをうけて言った。「私も金貨の袋の中をのぞいて見ました。《校長先生、これはもう通用していない金貨です》とアルデアは私に言いました。それは、本当にマリア・テレサ時代のターレル金貨だの、ピョートル大帝時代の金貨だので、トルコの金貨もたくさんありました……でもこんなことはみな、このあとに来る本番に比べればとるに足らないことでした。テント小屋が人の波で埋まると、幕があいてドクトルが現われました。彼は燕尾服を着、白い手袋をはめ、長くて先をぴんととがらせた、黒々とした鼻髭をつけていました。両手を打ち鳴らすと幕の後ろからオアナも現われました。彼女だけが私の知っているいつもの彼女の姿をしていました。ただいつもと違っていたのは、身体にぴったりした白い胴着を着ていて、まるで彫像のように見えていた点だけでした。それから、ドクトルは片手を上にあげて、空中から小箱、小さな薬箱ぐらいの箱を取り出して、それを引っ張りはじめました。すると、箱は見る見るうちに大きくなっていきました。ドクトルが、あるいは右の方から、あるいは左側から、あるいは下から、あるいは上の方からというふうにずっと引っ張り続けているうちに、縦横そして高さともほぼ二メートルくらいの箱になりました。そしてそれを抱えてオアナに渡し、両手でできるだけ頭上に高く持ちあげさせました。こうして、オアナが箱を両手で支えてじっと立っている様は、さらにいっそう彫像に似て、カリアティード（ギリシア建築における女像柱）のように見えました。ドクトルは彼女の前を満足そうに数歩ずつ行ったり来たりして眺め、それからまた片手を振りあげて空中からマッチ箱をとり出しました。マッチを数本その中から抜き出すと、長く延ばし、太くして、それで梯子を作り、それを箱に立てかけました。それから観客の方を向いて叫びました。《町の顔役の方々はいらっしゃって下さい！》　しかしだれも舞台に近づこうとはしなかったので、今度は彼は、まるでその人々を大昔から知ってでもいるかのように名前で呼びはじめました。《町長さんどうぞ、町長さん、町長夫人もごいっしょに。坊っちゃんのヨネル君も連れてきて下さい……憲兵分署長さんもどうぞ、ナモロス曹長さんどうぞいらして下さい……あなたもどうぞ、小学校の……先生》といった調子で、こうして順々に一人びとりに呼びかけて、群集の間から出て来させました。そしてその手をとって、階段を登って箱の中へ入るようにうながしました。人々は、少々尻ごみしていたのですが、一度舞台に上って箱の入口にまで連れてこられますと、そこから引き返すのは恰好がつかないので、思い切って入って行きました。こうして、町長と町長夫人、その息子のヨネル、小学校教師、憲兵分署長、それから助役とその親類一同、というのも、彼は三人の義理の兄弟たちと来ていて、それがみんな子供たちを引き連れていたわけですが、それからあとはドクトルが名前を呼んで招くのに応じて、行きあたりばったりに人々が入って行き、こうしてさらに三、四〇人の人が入ってしまいました。そして最後に、ドクトルはちょうどその時小屋へ入ってきた司祭の姿を目にとめました。そして群集の方へ一歩進み出て司祭を招きました。《神父さんもどうぞ、司祭様もどうぞお出で下さい……》　神父ははじめ断わりました。《ドクトル、これはまたどんな妖術を使っておるのかね?》と、彼は群集のあいだからドクトルにたずねました。《人々にどんな魔術をかけているのじゃ?》　ところがドクトルは《神父様もどうぞ、いらっしゃれば分ります》と答えました。そこで、遂に神父も──彼は年とって、歩くのに幾分難儀していましたが、それ以外では堂々とした体格もいい人でした──梯子を上って箱の中へ姿を消しました。この間ずっと、オアナはまるで両手でネッカチーフでも持っているかのように、びくとも動きませんでした。神父も箱の中へ入ったのを見とどけると、ドクトルは階段を上って箱をはげしく動かしはじめました。箱を、あるいは上から下へ、あるいは両横から、締めつけたり押したりしているうちに、それは半分ほどの大きさになってしまいました。それから箱を両腕に抱えて群集の前まで降りてくると、再びそれを押しつけたり叩いたりしはじめました。そして二、三分もすると、それはもとの形、すなわち薬箱ぐらいの大きさになりました。すると、彼がそれを指の間にはさんで何回もくるくる廻しているうちに、それはとうとうえんどう豆ほどの大きさになってしまいました。そこで彼は《これが欲しい人がいるかね》とたずねました。すると、観客席の奥の方からある老人が叫びました。《ドクトル、それを私におくれ、私の孫はみんなその中に入っているから……》　そこでドクトルは、その箱を爪でぽんとはじきとばしました。しかしそれは余りにも小さかったので、はじきとばされた途端にどこかに消えてしまい、そして次の瞬間には、もののはじける音がしたと思ったら——中に入っていた人々はすべて、神父も、町長も、その他の人たちも、それぞれ自分たちが前に坐っていた席に帰っていました……」

「すばらしい奇術師だ！」

「古今未曽有のですね！」とファルマはうなずきながら言った。「でも、いまあなたにお話したことだって、クンプルングで起きたことに比べればものの数ではありませんよ。あのクンプルングでは、ドクトルはちょっと度が過ぎましたねえ。なぜなら、そこの守備隊が将軍以下全員、しかもその家族まで連れて乗りこんでいたのですから。ちょうどその日の午後、市の公園で祝典があり、将軍は閲兵式の出来に満足だったので、兵士たちにもテント小屋に来るのを許可したのです。そこには軍楽隊も来ていました。そしてドクトルは、全員に箱へ入るようにすすめました。しかし私の考えでは、軍楽隊に梯子を登って行く時まで演奏させたのが失敗だったと思います。そんなわけで、軍楽隊はラッパ手を先頭に、鼓手を殿にして、管楽器とトロンボンを吹きならしながら梯子を登って行き、遂には梯子の一番上の段からただひとり残った最後の鼓手のドラムの音が聞こえてくるだけになりました。この鼓手は、どうしたわけかその一番上の段にたどりつくと、他の連中のように箱の中に降りて行こうとせず、ドラムを叩きつづけていました。そこでドクトルはドラムを叩き止めるように彼に合図し、そしてたずねました。《どうした兵隊さん、なぜ入らないんだね？　もう君の入る余地はないのかね？》　すると鼓手が、《いいえ、箱の中にはだれもいませんから、場所があることはあります……》と答えました。ドクトルはわははと笑いだして、片手を上げると、次の瞬間には、もう全員がまたもとの席に帰っていました。そして軍楽隊は連隊の軍歌を演奏していました。すると将軍がいきなり怒りだして、どなりました。《おいこら、だれが演奏しろと命じた！……》　こうして、そこのクンプルングでは、ドクトルはもう市《いち》の終るまでいるわけにいかなくなりました……」

ファルマは、口をとざし、夢見るようにもの思いに沈んだ。

「で、それからどうした？」と相手はたずねた。「オアナはそれからどうなった？」

「ええ、私がいま考えていたこともそのことなんで」とファルマは当惑して自分の膝をさすりながら言った。「また昔のことにもどって、リクサンドルとダルヴァリのことを、そしてなにより、ファニカ・トゥンスの居酒屋で出会った彼らの新しい友人たちのことを話さずに、どうしてこの話の続きがやれるだろうか、と考えていましたのです。なにしろ長い話でして、それを理解して頂くためにはドラゴミールとザンフィラの身の上に起きたことを知って頂かねばなりませんので……」

机の向うの男は、短く、声も立てずに笑って呼鈴を押した。

そして、「よかろう、私たちはまた今度話しあうことにしよう」と言った。

ドアが開いて、先ほどの晴れやかな顔をした若者が姿を見せた。

「どうも有難うございました」とファルマはあわてて立ち上り、何回もお辞儀をしながら言った。

V

ファルマは翌日になって、自分を呼んだ相手が内務省次官エコノームだったということを知った。ドゥミトレスクが、机の向う側から彼を迎えた時、彼はいつもよりも陰気な顔で言った。

「私はあれからさらに二〇〇ページ読んだが、まだダルヴァリがどうなったかを知るところまで行かないね。われわれに関心があるのはダルヴァリであって、リクサンドルやそのほかの連中はみな副次的に問題になるだけだ。同志エコノーム次官は文学が大好きなもので、オアナのことにすっかり熱中してしまった。しかし、われわれに関心のあるのはダルヴァリだ。君がボルザを訪れた時、君はリクサンドルのことを彼にたずねるつもりで来たのであって、オアナのことを彼に話しに来たわけではなかったな。リクサンドルとダルヴァリに話をもどしてくれ……数日前に、リクサンドルがダルヴァリにヘブライ語を教えはじめた、と君は言ったな。それはお互いにどんな関連があるのかね？　ダルヴァリはその前に士官学校に入学していた。その彼が、なんでヘブライ語を学ぶ必要があったのか？」

「別に学ぶ必要はありませんでした」と、ファルマは臆した様子で言った。「でも、あなたに前にも申しあげた通り、すべては長い話で、いろんな出来事はみなオアナに関係してくるのです。ご承知願わねばならないのは、リクサンドルが一九一六年の秋の撤退の際に（ドイツ、オーストリア・ハンガリー軍が首都ブクレシュティを占領したため、政府をはじめ一般市民の多くがブクレシュティから撤退し、モルドヴァの旧都ヤシに移った）、ブクレシュティから出て行き、一九一八年に一六か一七の青年として首都に帰ってきた時には、スピル・ハレト高等学校の六年級に編入されたということです。というのも、ヤシで個人教授をうけていくつかの学年修了試験を終えていたからです。それから一年して、ダルヴァリはトゥルグ・ムレシュの士官学校に入りました。しかしある日のこと、どんな状況の下であったのか私には分らないのですが、リクサンドルがモシ通りのラビのもとを訪れて次のように言ったそうです。《私はあなたの息子ヨジの友人のリクサンドルです。私はヨジが一体どうなったかを知りたいのです。そのためにあなたの所へ来ました。もしヨジが今まで生きていたなら、あなたはとっくに彼にヘブライ語を教えていたでしょう。どうかヨジにあなたが教えたであろうと同じように、私にも教えて下さい。そう考えて来ました》ラビはなにも答えずに、かなり長い間リクサンドルの顔をじっと見つめていました。それから、《よろしい、教えてあげよう。毎朝学校に行く前に一時間、そして、毎日夕方陽が沈む前に一時間、私のところへ来なさい》と、彼に言いました。こうしてリクサンドルはヘブライ語を習いはじめました。そして、頭もいいし勤勉な少年だったので、大学入学資格をとるまでの二年の間にヘブライ語を十分身につけてしまい、旧約聖書の各篇をルーマニア語に訳すのを、自分の好きな詩人たちの作品を訳すのと同じくらい易々とやってのけました。というのも、私はあなたに言うのを忘れていましたが、すでに小学校時代から夢想家で、詩に惹かれる傾向を見せていたリクサンドルは、高等学校ではもう詩人の作品を読むこと以外には目もくれないといった状態だったのです。しかしこういった詩の領域でも、リクサンドルは奇妙な好みを持っていました。一六歳だというのに、カルデロン（一七世紀のスペインの劇作家）、カモンイス（一六世紀のポルトガルの叙事詩人）、サ・ディ・ミランダ（一六世紀のポルトガルの抒情詩人）などを読んでいました……」

「まあ、そんな話はいいから」とドゥミトレスクが遮った。「リクサンドルはなんでまたダルヴァリにヘブライ語を教える気になったのか説明してくれんかね。そしてまた、士官学校の生徒で、学校で学ばねばならんことがいやというほどあるダルヴァリが、どうしてヘブライ語まで勉強することに同意したのかね？　ヘブライ語が彼になんの役に立つというのだ？　ましてや、飛行士になろうとしていたのに……」

「いや、ダルヴァリが自分は飛行士になるつもりだと言ったからこそ、リクサンドルはそれ以来あの考えにとりつかれたのです。リクサンドルはダルヴァリに向って、《それじゃ、ヨジを探すのに君も僕といっしょに来てくれなくちゃ》と言ったのです。《そしてそのためには、君はヘブライ語を学ばねばならんよ。なぜって、いいかい、ヨジは死んだんじゃない。もし死んだのなら、今までに屍体が見つかっているはずだから。彼はどこか、この地上のどこかにいるが僕たちには彼の姿が見えないか、僕たちがまだ探し出すすべを知らないかのどちらかなんだ。でも最後には、僕はなんとしてでも、どういうふうにしたら探せるかつきとめる積りだ……》ともリクサンドルは言いました。こうして、彼はダルヴァリにヘブライ語を教えはじめたのです。彼に直接に教えたのは休暇の時だけでした。しかし文法書と辞書を買ってやり、トゥルグ・ムレシュの士官学校に行っている間もずっと勉強するように強いていました。まあ、でも私は、ダルヴァリがあまり大して進歩したはずはないと思います。リクサンドルのように記憶力もよくないし、それほどの熱意もなかったのですから。それからまた別のこともありました。あの頃、一九一九年から一九二〇年にかけて、リクサンドルと仲間の少年たちはオアナと再会して、土曜日の夕方にはトゥンスの居酒屋まで行っては、オアナを散歩に、といっても、中心街の方へではなく裏町のはずれの、みんながオアナを知っていて、彼ら少年たちもオアナといっしょにいるところを見られても気おくれしない、あの界隈へ連れ出していたのです。こうして、あっちこっちの空地を通り過ぎて行くと原っぱへ出るのでした。その先には麦畑がひろがっています。オアナは少年たちの真中で、肩に長い髪を垂らし、歌いながら歩いて行き、少年たちがそれについて歌うのでした。そして月夜に草の上で、あるいは桑の木の下でひと休みするため腰を下ろした時に、リクサンドルはオアナに向って、《オアナ、僕は君といっしょに新しい神話をつくるよ！》と叫ぶのでした。それというのは、少年たちみんなの中でオアナが一番好きだったのはリクサンドルだったからです」

「オアナの話は止めたまえ」とドゥミトレスクが相手の言葉を断ち切るように言った。「前にも君に言ったが、われわれに関心があるのはまず第一にダルヴァリの件なのだ」

「私も、その、ダルヴァリについてお話しようと思っていたのです」とファルマは、当惑したような微笑を浮かべた。「と言いますのも、休暇には、そしてとくに一九一九年の夏休みと一九二〇年の復活祭の休みの時には、ダルヴァリは、オアナ、リクサンドルやその仲間の少年たちとの散歩に欠かさずついて来ていたからです。そしてこのような散歩がもとで、彼はいろんな事件に巻きこまれ、おそらくそのためにもうヘブライ語を十分修得することができなくなったのでしょう。少年たちは当時みんな一五歳から一七歳ぐらいまでの年齢で、彼らの一番の楽しみは、何時間も外をほっつき歩いた末に夜遅く帰ってくることでした。遅く帰ってきて、トゥンスの居酒屋でどんちゃん騒ぎをやることでした。時にはひじょうに遅くなって、明け方の二時、三時頃に帰ってきていましたので、主人のトゥンスは、彼らが入ってくるのを見るが早いか自分はさっさと寝に行って、そうなれば、居酒屋はオアナと、そして音楽師たちに――もし、まだ彼らも去ってしまった後でなければの話ですが――任されることになるのでした。たまに酔っぱらいの一人や二人がねばっていることもありましたが、しかし騒ぎをやらかすのは控えていました。みんなオアナが恐かったせいです。こうして、少年たちだけが居酒屋でわが物顔にふるまえるようになり、にぎやかに浮かれていました。みんな酒は飲みましたが、それも度は越さず、リクサンドルはぶどう酒のコップにほんの口をつけるかつけない程度でした。一番疲れも知らず、一番有頂天になっていたのはほかならず彼でしたけれど。テーブルの上に立ってオアナの肩に手をかけ、その髪を愛撫しながら自分の好きな詩人たち、とくにスペインの詩人たちの詩を朗読していました。だれひとりスペイン語は知りませんでしたが、みんな彼を見つめて、その声に聴きいっていました。一方オアナは夢にふけって、心は遠くに遊んでいるようで、リクサンドルが彼女を夢想から呼びさますと、彼には彼女が泣いていたように思えるのでした。こうしてある夜のこと、もうかなり遅く明け方近くになって、リクサンドルが片腕をオアナの肩にかけて詩の朗読をしていた時、居酒屋に二人連れが入って来ました。男の方はリクサンドルよりわずかに二、三歳年上の青年でしたが、ひじょうに趣味のいい服を着て、整った、しかし暗いかげのある、そして挑むような微笑をたたえた顔つきをしていました。居酒屋へ入ってきた時、彼は少し酔っていたようでした。そしてリクサンドルがカルデロンの詩を朗読しているのを聞くと、《なんだ、おい、君たちはルーマニア人じゃないのかい？》と叫びました。一方女の方は、オアナにひたと目を据えたまま立ち止って、《この人がそうだわ！　この人が私の彫像だわ！》と叫んでいました。居酒屋へ入ってきたこの女は、言うに言われぬすばらしい美人でしたが、その身ぶりや服装にどこか野性的なところがあり、当時のはやり言葉で言えば、風変りなエクセントリックな女に見えました。というのも、急に両手を打ちならすと、オアナにまるで芸術作品にでも近づくように近寄って、自分の腕輪を外し、《ザンフィラからのつつましい捧げものよ》と言って、彼女に差し出したりしたからです。少年たちが後に知ったことですが、彼女の名はザンフィラではなかったのですが、彼女は自分のことをそう呼ぶのを好んでいたし、またその夜いっしょに来た自分の従兄弟にあたる若者のことを、ドラゴミールという名前であるにもかかわらずディオニスと呼んでいました。この二人の若者は私が後になって知ったように、それまでの人生でいろんな体験をくぐり抜けてきていましたし、彼らは、大貴族カロンフィルの血を引いていました。そして、彼らの身に起きたこと、とくにこの後に続いて起きたことを理解して頂くためには、この貴族カロンフィルの生涯を知って頂かねばなりません……」

「ファルマ」とドゥミトレスクは厳しい口調で、彼を遮った。「君にずっと勝手にしゃべらせておいたのは、君がどこまでぼろを出さずにこの長広舌を続けていけると考えているのか、確かめてみたかったからだ。君はこういうふうにわれわれにあることとないことしゃべりたてながら、なにかを狙っている。そして、私たちをこんな無駄話でごまかしておけば、もっと容易に切り抜けられると思っているんだな。私は君にダルヴァリのことに話を限るように言ったはずだが」

「しかし、まさに彼のことをお話ししようとしていたのです」とファルマは言いわけをした。「なぜなら、一切のことが、彼がザンフィラに会ったあの夜からはじまったからです。あなたに先ほど言いましたように、自分をザンフィラと呼んでいたこの娘はたぐいない美人でした。ダルヴァリは、彼女の姿に目を奪われたままその場に釘づけになり、まるで魔法にかけられたように、彼女に一目惚れしてしまったのです。そして、リクサンドルがこの二人の若者に、丁重に、しかしきわめて冷やかな口調で話しかけ、《なんのご用ですか》とたずね、ドラゴミールがそれに《私は居酒屋に酒を飲みに来たし、彼女はこの美しいザンフィラは、自分のモデルを探しに来たんです》と答え、さらにリクサンドルが、《残念ですがいま午前三時で、神様が地上に降りて来られるこの時刻には、私たちは自分たちだけで過ごしたいと思うのですが》と言った時、ダルヴァリはリクサンドルに二人を席に加えてやるように目配せし、ザンフィラはそれを見て、彼のそばに来ると、その手をとってこう言ったのです。《ほらご覧なさい、この人は親切な人で、私たちがあなた方の居酒屋で楽しむのを許して下さるんですわ》と。ダルヴァリはあまりの嬉しさと感激に顔まで青ざめて、叫んだものです。《リクサンドル、この二人を入れてやろうよ、この人たちもたぶんあのしるしを持っているかも知れないから……》

若者はあいかわらず口の端に苦笑を浮かべて、《もし君たちが私たちに反感を抱いていても、私にはたいして気にならないね。なぜなら、君たちみんなを相手にしても僕は打ち負かせそうな気がするからね。でも、あのモデルさんは恐いな。僕はきっとピストルで射つべきだろうな、どこに命中するか分らないが、いずれにしろ大騒ぎになるだろうよ……》と言いました。オアナは笑い出して、《私は弾なんか恐くはないよ、お若い人、鉛の弾なんか私には当らないんだからね》と叫びました。《でもこれは鉛の弾じゃありませんよ》と若者は答えました。《かんしゃく玉と五種類のインクなんです》と言って、ポケットからピストルを出してみんなに見せました。それはブローニング拳銃にそっくりの形をしていましたが、弾丸のかわりに、かんしゃく玉を破裂させるための強力な雷管と、そして先端に色とりどりの液体が入っているボールがついていました。《ちょうど、今日ロンドンから届いたんですよ。これなら社交会での客間の決闘にだって使えますね。五色のちがう弾が入っていますよ……》とドラゴミールは言いました。

こうして、その夜はみんないっしょに残り、太陽が昇って居酒屋の主人が目をさますまで酒を飲み、にぎやかに時を過ごしました。立ち去る時に、ドラゴミールは紙幣の束をポケットから取り出して払おうとしましたが、オアナがそれをとめました。《リクサンドルがあなたたちに言ったように、神様がこの地上に降りて来られる午前三時以降は、あなた方はみんな私の客人です……》 居酒屋の前には、二人の若者が乗ってきた馬車が停まっていました。そこで少年たちは、もちろんその中にはリクサンドルもダルヴァリもいたのですが、乗れる限りぎっしりそれに乗りこみました。そしてそれから間もなく、ドラゴミールとリクサンドルの間に、そしてダルヴァリとザンフィラの間に、深い友情のきずなが結ばれました。この娘はずいぶん風変りな娘でした。一度でも人並に髪を整えていたことはありませんでした。彼女の髪は長すぎもせず、短すぎもしないといったところでしたが、その髪をある時は両肩に垂らしてみたり、ある時は後で束ねたりしていました。そして、決して化粧せず、服も時代遅れのものばかり選んでいましたが、それをまた自己流に作り変えるので、なんとも言えない代物ができ上るのでした。

ダルヴァリは彼女に気違いじみた惚れこみようで、一方、自分は士官学校生の制服を着ているので、それに彼女も参っているものと信じていましたが、ザンフィラが、彼に語ったところでは……」

ちょうどその瞬間、電話が鳴って、ドゥミトレスクは片手を延ばして受話器をとりあげた。最初に相手の言葉を耳にした途端、彼の顔は紅潮した。

「はい、私のところにおります」と言って、再び相手の声に耳を傾けた。「はい、ではおっしゃる通りにします。分りました」と彼はしばらくして言ってから、受話器を置いた。

「今日のところはこれで結構だ」と彼はファルマに向って言った。

ドゥミトレスクはなにかしきりに考えこんでいるふうであったが、ファルマは急にこの男にたいして強い共感を覚えた。

「君はまだほかの人たちの訊問もうけることになるな」彼は言った。「ボルザのことは口に出さない方が君の身のためだね。リクサンドルとダルヴァリの話に限ることにしたまえ。このボルザは、ムントゥリヤサ小学校での君の教え子なんてものじゃなかった。およそ学校に通ったこともない奴だ、小学校にさえもな。あの男は実はテイ通りのやくざで、昔の特高警察の手先だったと正体がばれたんだ。ペテンによって党にもぐりこんでいたのだ。私の言うことは分ったね」と呼鈴を押してからつけ加えた。

「はあ、分りました。本当に有難うございます」とファルマはあわてて立ち上り、丁寧にお辞儀をしながら言った。

VI

その週には、政治委員のドゥミトレスクはもうファルマを訊問に呼び出さなかった。しかしファルマは自分の話を書き続け、看守は書き終えた分を受けとり、そして彼に新しい紙を持ってくるために一定の時間にやってきた。そしてある朝、看守は笑いを浮かべて彼に言った。

「さて、今日は少し外へ出てもらいましょう、思いがけないことになるでしょうからね……」

ファルマはペンを吸取紙の上に重ね、インク瓶の蓋をして立ち上った。ドアのそばの廊下で、洗練された身なりの若者がひとり彼を待っていた。

「君がザハリア・ファルマですか？」と彼にたずねた。

「はい、私です」

「私といっしょに来たまえ……」

彼らは中庭に降りて、そこを横切り、建物の別館に入って行った。エレベーターに乗ったが、ファルマは、若者が彼を興味深げに見つめてはにやにや笑っているのに気づいた。

「私も作家です」とエレベーターが停まった時、彼は言った。「あなたの回想記は私にも大変面白かった」

いくつか廊下を通りすぎてから、若者は彼を大きなドアの前で押しとどめ、ノックして、彼に入るように合図した。ファルマはいつもの癖で、肩をすぼめて首を少しうなだれて入ったが、机のところから、からかうような微笑を浮かべて彼を見つめているひとりの女性と目をあわせた瞬間、両足をぶるぶる震わせはじめた。

「私がだれか知っていますか?」と彼女はたずねた。

「どうしてあなたを存知あげないことがありましょうか」とファルマは深く叩頭して言った。「あなたは、アンカ・フォーゲル大臣閣下です……」

「同志大臣ですよ」

「泣く子もだまるアンカ・フォーゲル様です」とファルマはむりに微笑を浮かべようとしながら言った。「そう言っています、世間の人はみんな《泣く子もだまる女闘士》と……」

「知っています」とその女は言って、肩をすくめた。「でも、どうしてみんな私を恐がるのか私にはまだ分らない。私は、それこそ鳩のように優しいんだけど。自分の家族には厳しいこともあるけど、それもいつもではなし……」

ファルマは、はじめてその顔を正面から賞讃の念をこめて見つめた。彼が新聞の写真から判断していたよりも、もっと猛々しい顔のようであった。それは五〇歳前後の背の高い大女で、平べったい顔には深いしわが何本か刻まれ、口は大きく、首は短くて太かった。灰色の髪を断髪にしているので、ほとんど男と見まがうような頭だった。たえず煙草をふかしていた。彼にも机越しにラッキー・ストライクの箱を差し出した。

「あなた、煙草を吸うの？」とたずねた。「腰を下ろしなさい、そして煙草をおとり」ファルマは再びお辞儀をして、肘かけ椅子に腰を下ろした。そしておそるおそる、ラッキー・ストライクの箱に手を出した。

「あなたのすぐ横にライターがあるわ」とアンカ・フォーゲルは彼に言った。「なぜ私があなたを呼んだか分らないようね」と彼を正面から見つめ、微笑しながら言った。「私はあなたの供述書のうち数十ページを読んだわ。でもそれ以上は読めなかった。あなたがあまり冗漫に書いているし、私はあまり読む時間がないし、でね。しかしあなたの書いたものは私の気に入ったわ。もし自分をもっと抑えて、想い出の流れをじっくりコントロールできれば、あなたは大作家になるかもしれないわね。ただね、あなたは自分を抑えられない、だから話の筋をもつれさせて、にっちもさっちもいかなくなるのね。私はオアナのことが書いてある部分を全部書き抜いてもらったわ。この女の話をはじめから終りまで知りたいと思ってね。でも、まだ彼女がどうなったのか理解できないでいるところよ。あなたがあまりまわりくどいから……」

「恐らくおっしゃる通りでしょう」とファルマは頭を下げながら言った。「私は作家ではないし、筆が走るままに書いていますからね。でも、オアナの話はそれだけ切り離しては理解できません。オアナ自身だってこの世にひとりで生きていたわけではありませんから。ファニカ・トゥンスの娘だったし、とくに森番の孫娘だったんですからね。そして、オアナの身に生じたことはすべて、森番がシリストラのパシャの長男との約束を破ったことに由来し、それと結びついており、そこからはじまったのですから……」

「その話はまた後でしてもらうことにしましょう」とアンカ・フォーゲルはそれを遮って言った。

「いまは、戦争が終って彼女が山へ登って行ってから、オアナの身になにが起きたか知りたいんだけれど。山へ行ったのはいつのことなの?」

「一九二〇年の夏のことです」

「あなたはその時また彼女に会ったの? どんな様子だったの?」

「まことに彫像のようでした。満一八歳になっていましたが、背丈は二メートル四〇近くありました」

「そして美しかったの?」

「はい、まるで女神の像のような美しさでした。ヴィーナスのようでした。赤みがかった金髪を肩に垂らして——というのも、いつも肩をむきだしにして歩きまわっていたからですが——、胸は豊かに張り出し、固くしまっていて、一度目をそこに向けたらもう離せなくなるほどでした。そして彼女の顔は女神のように穏かで、優しく、唇は厚くて血のように赤く、その黒い燃えるような瞳は、見た人の心を狂ほしいまでにかき立てるのでした。しかしそれがみな、なんの益があったでしょう? 先ほどあなた様に申しあげたように、背丈が二メートル四〇もあったんですからね。だれも彼女に近づく勇気はとてもありませんでした。そんなふうで、服を身につけた様子は人を怯えさせるのに十分でした。もし裸で歩きまわったならば、人々はそれに慣れて、万人の上に君臨する女神のように作られた人間なのだと思ったことでしょうが……」

「さあ、話をしてもらいましょう」　アンカ・フォーゲルはもう一本煙草に火をつけながら彼に催促した。

「ある日のこと、彼女は自分の父親のところへ行き、《遂に運命の時がちかづいたので、私は山へ登ります。山から私の夫が来ることになっていますから》と告げて、それから出発しました。汽車に乗って行きましたが、プロイエシュティで降ろされてしまいました。というのも、兵士たちが数人彼女にからんだので、オアナは彼らをみな叩きのめして大恥をかかせたからです。この娘は、彼女のような二メートル半近い大女なら当然と思われるよりももっとすさまじい、まるでヘラクレスのような怪力の持主でした。私が大恥をかかせたと言ったのは、兵士たちのズボンを引きずり下ろして、子供にお仕置するように掌でひとりひとり尻をぶったからなのです。そこで彼女はプロイエシュティで汽車からひきずり降ろされたわけです。しかしそれから先は、彼女は肩に袋をかついで、村から村を歌いながら歩いて行きました。そしてそんな調子で、一週間も経たないうちにカルパート山脈(北はチェコスロヴァキアから南はバルカン半島にいたる山系)にたどりつきました。居酒屋に立ち寄っては食べものを買いました。というのも、父親が彼女にお金は十分与えていたからです。それからまた歌いながら先へ進んで行きました。そして小川で水浴びしていましたが、その時は服を全部脱ぎ捨て、昼日中でもそのまま素っ裸で、なんの恥じらいもなく水に入っていました。時には子供たちが彼女を追いかけて石を投げ、あるいは彼女に犬をけしかけることもありました。けれどもオアナにはそんなことは少しも気になりません。彼女はあいかわらず歌を歌っては山の方へ登って行くだけです。番犬が彼女に吠えかかってもなんにもなりませんでした。なぜなら、彼女はすぐに後を振り向いては犬に向っておいでおいでと合図すると、犬どもはすぐにおとなしくなって、まるで大昔から彼女を知っていたかのように彼女にじゃれたりとびついたりしたからです。そして歩き出してから五日目の晩に、彼女はピアトラ・クライウルイ山の山腹の羊小屋にたどりつきました。牧童たちは、彼女がはだしで袋を肩にかつぎ、歌いながら近づいてくるのを見ると、棒立ちになりました。彼らは番犬をけしかけましたが、オアナは自分の足元に犬どもをじゃれつかせながら羊小屋に入って来ました。オアナは、年とった牧童頭へ近よって、言いました。《おやじさん、私をあなたの所で使っておくれ、私は一銭も給料をもらわなくてもあなたのために働いてあげるし、あなたに言いつけられたことはなんでもするから。私はこの山のこの近くで自分の夫が現われるのを待つつもりでいます……》はじめのうち、牧童頭は彼女を雇う考えはまったくなく、こんな山の中で大女なんか自分には必要ないと言いました。しかしその夜、オアナはその近くの谷間で過ごして、翌日には再び羊小屋へやってきて、中の掃除をしはじめました。そこで牧童頭もそれを見て見ぬ振りをしていました。そして夕方、羊飼いたちがみんな羊を連れて帰ってくると、オアナは彼らに、自分は膝をつき相手は立ったままで力を競いあおうと挑んで、彼らみんなを順番にひとり残らず地面に叩き伏せてしまいました。その週のうちに、オアナの出現の知らせはあたり一帯のすべての山々にひろがり、ほかの牧場の牧童たちも山を降りて見に来ては十字を切っていました。一方オアナの方は、日が沈むと泉に行って裸になって水浴びをしていましたが、羊飼いたちは遠くからそれを眺め、いくら見ても見飽きることがありませんでした。オアナがあまりにも彼らの若い血をかき立てるので、彼らはみんな勇気をふるい起して、ひとりずつ、夜になると彼女の寝所へ近づいて行き、彼女を自分のものにしようとしました。しかしオアナは、彼らをいずれも谷底の方へ転がし落とし、そのままますぐ眠るといった調子でした。遂にある夜、若者たちは五人がかりで彼女を手ごめにしようとしました。彼女が眠っているところへ上からとびかかり、両手両足を押えましたが、オアナは目をさますと、たちまち両腕にうんと力をこめ、腹にぐっと力を入れてもちあげると、一人ずつ投げとばしましたので、みんななかば泣きながら逃げて行きました」

「すごい女ね！」とアンカ・フォーゲルは微笑しながら言った。

「すごい女です」ファルマはうなずきながら、相手の言葉をくりかえした。「それ以来、羊飼いたちはもう傍へ寄ろうとしませんでした。ただ彼女が水浴びに行くときをうかがっていて、みんな彼女のあとをつけて行き、彼女を眺めながら興奮に身体をほてらせていました。満月の夜には、オアナは髪を背に垂らして裸で歩きまわり、踊りくるい、とびはね、歌い、そして時には両手を合わせてなにか祈っていました。しかし羊飼いたちには、彼女がなにを言っているのか、その文句はいつも聞きとれませんでした。ただある夜のこと、あの年とった牧童頭が彼女のあとをつけて行き、ものかげに身をかくして彼女に近づき、彼女の言葉を聞きわけましたが、その途端、牧童頭は思わず十字を切りました。《おお、偉大なる奥方よ、私を結婚させておくれ》とオアナは月に向って両腕を差しのべながら、言っていました。《私にふさわしい身体をした男を見つけておくれ、私はもう生娘でいるのがいやになったのです。私をこしらえておいて、あとで私のことをお忘れになった神様がまちがっているわ。でもあなた、大いなる奥方、聖なる月の女神よ、あなたは、その空の上をぐるぐるめぐって、近いところも遠いところも見下ろしておられる。よく目をこらして私の夫を見つけておくれ！　大きな、たくましい男を私のところへ連れてきておくれ、私はその男を正式に私の夫にするのだから！……》

　そこでその夜、牧童頭は決心しました。月が次第にかけていき、オアナがもう真夜中に水浴びに行かなくなる頃を待って、彼女の眠っているところへ行きました。《オアナ！》と彼は彼女の名を呼びました。娘は目がさめて彼のいる方へ近づきましたが、でもふらふら歩きでした。まだ半分ねぼけていましたから。するといきなり牧童頭は牛皮の鞭で彼女の首を力まかせになぐりつけたので、彼女は気を失って彼の足元に倒れました。牧童頭は彼女の両手を引っ張って自分の寝床へつれて行き、彼女の肉体を自分の思うままにしました。それから外へ出て、羊小屋の方へ向って、《おい、みんな来い！》と叫びました。そこで羊飼いたちがどやどやとみなやってきて、順番に彼女を自分のものにしました。明け方になるとオアナも目がさめて、ふらふらしながら水を浴びに行きました。それから羊飼いの長に向って言いました。《おやじさん、有難うよ。こんな目にあって、私にはいい薬になったわ……》そういって、笑い出しました」

「恐いような女ね！」とアンカ・フォーゲルは言った。

「ええ、すごい女です。でもこの出来事以来、牧童頭には災難つづきでした。なぜならその次の夜から、オアナは羊飼いたちを順番に自分の寝床へ招いては、朝までみんなをくたくたにさせ、おかげで昼間は羊飼いたちは眠くてたまらないので、小屋を出るのを待ちかねるようにして横になり、羊の世話は番犬に任されてしまうことになりました。けれどもオアナは彼らのあとを追って山まで行き、どの羊飼いでも木陰に寝そべっているのを見つけようものなら、すぐに叩き起して、またへとへとになるまでさいなむのでした。羊飼いたちは、毎夜のつとめからしだいに尻ごみするようになりました。けれどもオアナは彼らを決して放そうとはしませんでした。いまでは彼らをみんな前よりもよく知っていましたので、容赦はしませんでした。《はて、お前はだれだったかね？》と、一人の羊飼いがもう自分を放免して小屋へ寝に行かせてくれと頼んでいると、暗闇の中でたずねるのでした。《おらぁドゥミトルだ》と羊飼いが答えます。するとオアナが、《今晩はパトルは見かけなかったね》と言います。《あいつは少し加減が悪いんで》と羊飼いが言うと、《さあ行ってパトルを私のもとへ引っ張っておいで、そうしないとお前を朝まで放さないよ》とオアナは彼をおどすのでした。そこでドゥミトルが小屋へ行きます。《おい、兄弟、起きてくれよ！　もしお前が来てくれないと、オアナがおれだけをせめたてるので、おれは朝まで命がもたないよ》《おらぁちょっと疲れているんだ》とパトルは言うのでした。《マリンを連れて行けよ……》《マリンはもうさっき行ったよ。お前が来いよ、ともかく少しは休んで疲れもとれているんだから……》　こうしてパトルが連れて行かれるのでした。

二週間のうちに、オアナはみんなの精気を吸いつくしてしまったので、いまでは羊飼いたちは彼女を避けて、オアナに見つけられずにすみ、眠ることができるように崖下や谷間に身をかくし、夕方羊を連れて帰るためにだけ小屋に立ち寄るようになりました。オアナは夜、幾度か牧童頭の寝床にやってきました。しかし牧童頭はすぐに彼女のことが恐くなり、自分の枕もとに牛皮の鞭をおいて眠っていました。《わしに近づくでないよ》と、彼は彼女に向って叫びました。《私はもう年寄りで、自分の子供にも会いたいし、子供たちの手で自分の村の谷間に葬ってもらいたいからね。近づくんじゃないぞ、もし近づいたらひっぱたくからな！……》オアナは、年老いている彼があわれになって彼には手出ししませんでした。そして夜、他の男たち、羊飼いたちを探しに山中へ入って行くのでした。まもなく周囲の山々でもいたるところでオアナの行状が知れわたり、次々と羊飼いたちがやってきましたが、オアナは自分の寝床で彼らみんなをせめたてましたので、朝になると彼らは自分の羊小屋までたどりつくのもおぼつかない有様で、行きあたりばったりに道に寝ころがる始末でした。羊たちは番犬に任せ放しにされて、散り散りになって道を見失い、坂をころがり落ちたり、ひとりぼっちになってめえめえと哀れな鳴き声を立てたりで、付近一帯の山では犬のうす気味悪い遠吠えや、怪我をして神にも見離されて崖の下で死にそうになっている羊たちの鳴き声ばかりが聞こえてくるといった有様でした。こういった出来事は山麓の村々にも知れわたり、精力絶倫を鼻にかけた男たちが山へ登ってきました。そしてオアナは彼らを順番に自分の臥床に迎え、せめたて、さいなみましたので、次の日または翌々日には精根尽きはて、ふらふらの足どりで山を降りていき、そのうちひとりとしてそのまま自分の村にたどりつける者はありませんでした。どこか道の傍らに寝そべって、まるで大病のあと昏々と眠る時のように、まる一昼夜眠りつづけるのでした。村々の女たちは恐れをなし、多くの女たちはもう自分たちの夫を失ったも同然ではなかろうかと心配しはじめました。オアナがその山上の彼女の臥床で幾夜かせめたてた後では、彼らはあまりにも憔悴しきってしまったからです。

そこで、その男たちの妻は彼女にまじないをかけて正気を失わせ、それから彼女をなぐって足でふみつけ、思う存分痛めつけてやろうと決心しました。そこで、山麓のすべての村々から集まった五〇人ほどの妻女たちが山へ登ってきました。彼女たちは、なんともいえずすばらしい肉体をむき出しにして泉で水を浴び、その間にもまだ手つかずの男はいないかと岩や草の陰に鋭い眼を走らせているオアナの姿を目にして、まるで石と化したように立ちすくんで思わず十字を切りました。オアナはそのままの裸の姿で彼女たちの前へ進み出ました。ただ髪の毛が長かったので、その垂れ髪を胸の上でかきあわせていましたけれども。そして彼女たちに、《奥さん方、なにごとですか？》とたずねました。するとひとりの女が群れの中から進み出て言いました。《娘さん、私たちはお前さんにまじないをかけようと思ってきたのだよ。私たちの夫にかまわないでもらいたいと思ってね。しかしお前さんの姿を見たいまとなっては、お前さんにまじないをかけようとしても無駄だろうと思うよ。なにしろお前さんときたら、私たちのような、神様のお作りになったままのか弱い平凡な女たちとはちがって、巨人の血をひいているのだからね。どうやらお前さんは、われらの主イエス・キリスト様を拷問にかけた、あのユダヤの巨人たちの血筋につながっているようだね。だってあの巨人たちがあれほど大きくて、あれほど強かったからこそ、あの方でさえ、神の子でさえ拷問にかけることができたんだろうからね。で、もしそうだとすれば、お前さんにいくらおまじないをかけても無駄だろうよ、どんなにしてもそんなものはきかないだろうからね。でも私たちは、私たちの夫に手を出さないでおくれとあんたにお願いするよ。あの男たちはかわいそうにとてもお前さんとは太刀うちできないからね、私たち神を恐れる女たちにでもやっとどうにか太刀打ちできる程度なんだもの。お前さんは自分がやってきた元の所へ帰って、そこでお前さんに似つかわしい夫を見つければいいじゃないの。あんたの生まれたそのあたりなら、巨人の息子もいようというもの。お前さんはそんな男と結婚すれば、すべてにおいてうまく釣合いがとれようからね！》

けれどもオアナは、彼女たちにこう答えました。《奥さん方、私が山へやってきたのは、よく考えた上でのことです。なぜなら、自分の夫を山で見つけるというのが、私に定められた運命だからです。私はまたその夫をどう見わけるか、そのすべも教わったのです。ある日、二頭の馬にまたがった男が私の方へ向って山を降りてくる、それが夫になる人だと……もしも牧童頭が牛皮の鞭で私の喉元をぶちのめしたりしなかったら、私はまだ男を知ることはなかったでしょう。私を打ち負かそうとした羊飼いたちすべてのうちで、だれひとりとして私を心ゆくまで満足させるほどの男はいなかったのですから。しかしあいうふうに、だまし討ちで私が男を知るようにしむけたのだから、今度は私がすべての男を知りたいと思っても私の罪ではないでしょうよ。私だって石でできているのではないのだから……》《娘さん》と女たちのひとりが叫びました。《二頭の馬にまたがってくるような男はこのあたりにはいやしませんよ。でもお前さんが巨人の血筋をひいているのなら、ズメウ（民話に出てくる竜に似た超自然的生物。竜人とでも訳すべきか）をお探し。いまのように素っ裸のままで丘を歩きまわっていれば、ズメウがお前の傍に立ち現われるだろうよ。ズメウとなら、お前さんは釣合うだろうよ……》　オアナは彼女をじっと長い間見つめて、それからにっこり笑いました。《有難う、奥さん、あんたが言ってくれたことは私にはとてもためになったわ……》

こうしてオアナは、すぐ次の日に山麓のある村へ向って降りて行きました。まだ彼女の手元に残っていたぼろ服のかけらを身にまとい、袋を肩にかけ、牧童頭に礼を言って出かけました。遠くまで犬どもが見送って行きました。そして夕方近くに、村に入るか入らないうちに、ある丘の上に一頭のたくましい雄牛がいるのを遠くから見つけました。雄牛の方でも彼女に目をとめると、オアナの方を向き、彼女に立ち向おうとするかのように敵意をふくんで頭をぐっと下へさげました。たぐいまれな獰猛な雄牛でした。まぎれもない本物の雄牛でした。おとぎ話の中のような」とファルマはつけ加えて、恐縮したようにごほんと咳をした。

「煙草を一本お取りなさい!」とアンカ・フォーゲルがすすめた。

「どうも有難うございます」とファルマは幾度もお辞儀しながら言った。

彼は煙草に火をつけて、最初の一服を吸ってから、微笑した。

「こうして」と彼は続けた。「その夜から、雄牛はもうオアナから二度と離れようとはしませんでした。影のように彼女につきまとい、ほかの人間はだれひとり近よらせませんでした。それは七月の末頃でしたが、その夏は異常なほどの暑さでした。オアナはぼろ服の名残りも脱ぎ捨て、昼も夜も裸で歩きまわっていました。また月夜には、雄牛のあげる鳴き声が七つの谷にこだまし、人々は目をさまして恐怖におののくのでした。こうしてそのあたりの人々はみな、彼女が髪を両肩になびかせ、雄牛を後に従えて裸で丘から丘を走って行く姿を目にしました。そしてまた、彼女が突然立ち止まり少し腰をかがめると、雄牛が後から彼女を貫き、彼女が高い叫びをあげるのも目にし、耳にしました。こうして、彼女の背にのしかかった雄牛が鳴き声をあげ、ひづめを踏みならして火花を散らしながら、長い間オアナと雄牛はつながったままの姿でいました……」

「すごい女だわね！」とアンカ・フォーゲルが叫んだ。

「たぐいまれな女です！」とファルマは言った。「しかしまわりの村々に急速にオアナの行状の噂がひろまり、そしてその噂はブクレシュティにまで及んで、森番もその噂を耳にしました。すると彼は十字を切って《セリムの呪いが実現するのをこの目で見とどけるまで、私を生き延びさせたもうた神に感謝します》と言ったそうです。それから修道院へ行って告解をし、聖体を拝領して、さらに言いました。《いま私はもうかなりの老人だが、神様のお助けでもし若い女房を見つけることができたら、別の血筋の家系を根づかせたいものだ。私はもう呪いを恐れる必要はないのだから……》森番はもう百歳になっていましたが、まだ頑健そのもので、すぐその秋に三〇歳ほどの若い後家さんと結婚しました。しかし、神はもう、別の子供を彼に授けてはくれませんでした。このフロアリャという若後家はツィガネシュティ村の出身で、彼女にもそれなりの身の上話がありました……」

「後家さんのことは止めておきなさい」とアンカ・フォーゲルがそれを遮って言った。「オアナの身にさらにどんなことが起きたかお話しなさい」

「官憲筋でもこの噂を知って、その辺一帯の丘陵地帯の全域に憲兵隊を派遣して偵察させました。村人たちも、熊手や棍棒やその他手あたり次第のもので武装して、山狩りに出ました。そしてある日の明け方、オアナがそこに寝床を作っていた崖下の窪地にいるところを見つけました。雄牛は、寄せ手の人人を角にかけ粉々にせんものとすさまじい勢いで遠くから走ってきましたが、憲兵たちが射ってたおしました。オアナはなにも言いませんでした。まだ残っていた服のちぎれ布で、かくせるところはかくし、袋を肩にかつぎ、憲兵たちが彼女に手錠をかけようとした時には、《私は逃げたりはしませんから縛らないで》と言いました。こうして、憲兵たちに囲まれて、人々の怒号と罵声の渦の中を降りて行きましたが、彼女は頭を高くもたげ、まるで日の出を待っているかのように東の空を見つめ、微笑しながら誇らかに歩いて行きました。彼女は人々に罵られ、色きちがいだの、あばずれ女だのといった罵声を浴びていましたが、彼女は時々彼らにやり返して、《私の罪ではないわ。奥さん方がこうしろと忠告してくれたんだから……》と言っていました。

村に着いた時には太陽が昇り、そこでは村長と憲兵隊長が彼らを待っていました。しかし二人ともオアナを引き取るにはいたりませんでした。オアナが、上手の方を眺めて急に棒をのみこんだように立ちすくんだのです。そこから、およそ人が目にしたこともないような怪物、若くて金髪の巨人のような大男が、二頭の馬にまたがってやって来るのでした。オアナはその方へ突進して、その大男の前でほこりの渦の中にひざまずくと、両手で、二頭の馬の手綱を摑んで、それを押しとどめました。憲兵たちが彼女の後を追って行きましたが、その男は一瞬のうちに馬から降りて、オナアをほこりの中から立ち上がらせました。憲兵たちは、彼がけたはずれに大きく、背が高い男であるのを目にして、みんな脇に引き下がりました。この若者は、オアナよりもさらにひとまわり背が高かったのです。淡い色の金髪の短い顎鬚をたくわえ、田舎風でもなく、都会風でもない、奇妙な服装をしていました。オアナの片手を取って憲兵や役人たちに近づいて行きました。《私はコルネリウス・タルヴァストゥ博士です》と彼はルーマニア語でしゃべりはじめました。《そして、ドルパト大学のロマンス諸語の教授です。私はカルパート山地の方言を研究しにやってきましたが、ある牧場でオアナのことを聞き、彼女を妻にするつもりで降りてきました。もしあなた方に異存がなければ、彼女はこれから私の妻です……》

オアナは彼の傍で泣いていました。人々はこれをどう扱っていいのか途方に暮れていました。だれひとり、敢えて口を切ろうとする者はいませんでした。すると、その時村長が近づいて、《先生、それじゃおめでとうを言わせてもらいます。ただ私たちの村で結婚式はあげないで下さい》と言いました。《これからすぐ先へ出かけられるようにと思って、馬二頭に乗ってきたんだよ》と教授は答えました。しかし二人は馬に乗って出かけはしませんでした」とファルマは微笑しながらつけ加えた。「自分たちが乗ったら、馬がつぶれてしまうのではないかと心配だったのです。二人は手を取りあって歩いて出発し、そのあとを二頭の馬がゆっくり歩いて行きました」

「すごい女だわね」とアンカ・フォーゲルは夢見るように言った。「それでそのままこの国から出て行ったの?」

「いいえ、すぐには出かけませんでした。オアナは彼をまず自分の父親、居酒屋の主人に引きあわせるためにオボールへ連れて行きました。そしてパセリヤの修道院で結婚式をあげました。しかしオアナが彼をブクレシュティへ連れてきたのは、なによりも、彼を少年たちに紹介するためでした。彼女はその頃リクサンドルの新しい友人たちとも仲よくなっていたからです。そして後になって、彼らの身に起ったすべての出来事は、リクサンドルの新しい友人たちの中にひとり、ドラゴミール・カロンフィレスクというこれまた風変りな少年がひとりまぎれこんでいたことが、その原因となったのです……」

「分ったわ、そのことはまた別の機会に話してもらうわ。さあこの煙草の箱を持っておいでなさい」とアンカ・フォーゲルは呼鈴を押してから言った。「そして、もしなにか望みがあったら遠慮しないで私に伝えなさい……」

「たったひとつお願いがあるんですが」とファルマは、再び気後れした様子で言った。「家からもう少し厚手の衣服を持ってくることをお許し頂きたいのです、少々寒くなってきましたので……」

「よろしい」とアンカ・フォーゲルは、前に置いたブロック・ノートになにか走り書きをして、一枚破りとった。「これを看守に渡しなさい」

「大変有難うございます」とファルマは、あわてて肘かけ椅子から立ち上りながら言った。「そして、煙草も有難うございました……」

VII

それから二週間ほどはもう訊問には呼び出されなかった。前の訊問の翌日には、家から、古いが厚手の服が届けられた。数日間雨が降り続いて空はまだ半ば曇り空だった。机の前に腰を下ろし、紙の上に背をかがめてファルマは書き続けていた。しかしもう前のように早く、がむしゃらに書きまくるといった調子ではなかった。時には何時間も両手で頭を抱えて、ある事件をもう書いてしまったかどうか、あるいは最初にドゥミトレスクからうけた訊問の際に語ってしまったかどうかを想い起そうとして考えこむことがあった。そしてたいていいつも思い出せなかったので、それをもう一度書きはじめるのだった。

それからある夜、十一時頃に彼は看守に起された。

「服を着なさい」と彼を訊問に呼び出していた頃に比べると、はるかに丁重な口調で看守はファルマに言った。「できるだけ早く服を着なさい」

半ば夢うつつのうちに、ファルマは苦心しながら服を着こんだ。手が震えていたからである。

「急に寒くなりましたね」とファルマは、まるで言いわけでもするように看守の方をちらと見やって言った。

「本当は君に言ってはいけないのだが……」と看守は囁き声で言った。「自動車が待っているのだ。急ぎなさい……」

ファルマは身体中の関節がぶるぶる震え出した。やっと看守に両側から囲まれて通りへ出ると、自動車が彼を待っているのが見えたので落ちつきをとりもどした。これ以上悪いことが起ることもないだろう、と彼は自分に言いきかせた。二人の私服が一言もいわずに彼といっしょに車に乗りこんだ。

「もう秋ですね」と、しばらくしてファルマは、私服たちの方を見る勇気が出ないのでまるでひとり言のようにぽつんと言った。「まるで山に雪でも降ったように急に寒くなりました」　その返事のつもりか、彼の右手の私服が彼に煙草を一箱差し出して言った。

「まあ、一服吸いたまえ、少しは身体が温まるかもしれん……」

「これはどうも有難うございます」とファルマは、彼のいつものくせで何回もお辞儀しながら言った。「正直に言ってもう眠りこんで夢を見ていました。なんの夢を見ていたのか憶えていませんが、急に看守に起されて身体がぞくっと冷えてしまって。きっとそのせいです。ベッドからあまり急にとび起きたので、身体の芯まで寒さがしみこんで……」

それから、安心したように微笑してその煙草に火をつけた。一〇分ほど走った後、自動車は機関銃で武装した警官の列に道を遮ぎられた。そして数人の警官が運転手に近づいた。私服のひとりがあわてて窓から首を出して、なにかファルマには聞きとれなかったいくつかの言葉を囁いた。それから自動車はさらに、今度はゆっくりした速度で進んだ。そしてファルマは、武装し群れをなした警官たちが、いくつもの邸宅の前を警備しているのを目にした。彼は党のお偉方専用の住宅地に来ているのだということが分り、再び震えはじめた。自動車が停まると彼は震えながら降り、そして私服は警官の番小屋が両側に立っている閉ざされた門の前まで彼を連れて行った。その通りは、端から端まで明るい街燈に照らし出されていた。私服のひとりが門に近づき、呼鈴を押し、そしてなにか囁いたが、最後に門が開いて彼らは中に入った。

何人かの警官が彼らを玄関のホールで待っていた。一人の男が――その男にファルマは最初まったく気がつかなかった。警官たちの間にかくれて椅子の上に坐っていたからである――、急ぎ足で彼に近づいて、服を上から手で探りはじめた。それから、ひと言も口をきかずにファルマに自分のあとについてくるように合図した。彼を、広くてまぶしいほど明るい部屋へ通し、それから室内の階段を通って一種の回廊を上って行った。それを上ってから、男は彼にそこに留まるように合図し、それから、短く、幾度かノックをくりかえした。女の声で「お入り」という言葉が聞こえた。男はファルマの片腕をとり、ドアを開け、彼を中へ押しやった。

「今晩は」とアンカ・フォーゲルが、自分の前に置いた書類の束から目をあげて彼に言った。「こっちへ寄って腰かけなさい……」

ファルマは興奮して前へ足をふみだし、そして机の前まで来るとお辞儀をはじめた。

「腰を下ろして煙草に火をつけなさい」とアンカ・フォーゲルが言った。

部屋の壁は上品な趣味の書棚で埋めつくされていた。机の上には、ラッキー・ストライクの箱がいくつかあったし、数箇の灰皿と大きな花瓶もあった。そのわきの低い側机には二本のシャンパンの瓶、二つのコップ、そして果物の篭が置いてあった。

「あなたをここへ呼んだのは」とアンカ・フォーゲルはつづけて言った。「内務省ではあなたの話を聴く時間があまりにも少ないものでね。それにあそこでは、私のやらねばならないもっと大事な仕事を抱えているので」と微笑しながらつけ加えた。「あなたの話は、何人かの作家にも聞かせたら面白いと思うけど、でもそれはまあ、もっと後のことにしましょう。さしあたりシャンパンを一杯お飲みなさい、そうすれば気分がよくなるでしょう……」

彼女はシャンパンの瓶をとって、コップに注いだ。

「はあ、どうも大変有難うございます」ファルマはそのコップをとるためにあわてて立ち上ると、コップを手に持ったまま何回も頭を下げた。「これは見たところ Veuve Clicquot というシャンパンですね。このシャンパンはもう戦争の前から味わったことがありません。そして私はドクトルが私に言っていたことを想い出します。《ザハリア旦那よ》と彼は私に言っていました。《この Veuve Clicquot というシャンパンを見たり飲んだりするたびに、このシャンパンがある人間の運命を左右することもあり得ることも想い出してくれたまえ》とそう言っていました。私は、彼がなんのことを仄めかしているのか知っていました」とファルマは肘かけ椅子に再び腰を下ろし、コップを机の端に置きながら言った。「それはむしろ、半ば私の当て推量で知っていたのですが、でも知っていたことには違いありません。なぜなら、あの森番が私に話してくれなかったことまでも私は推察していたからです。彼の、ドクトルの身に起きた話というのは、こうなのです。ドクトルの母親はスミルナ（トルコ西部、エーゲ海に面する港町で、現在名はイズミル。昔はギリシア系住民が多かった）のギリシア女でした。父親はバラガン平野（ルーマニア南部の広大なルーマニア平野の一部の名称）の、ドル・マルントあたりに領地を持つ地主でした。彼の母親はやはり自分と同じスミルナ出身のギリシア娘で、自分の姪にあたるカリオピという娘と彼を結婚させようと躍起になっていました。そしてそのために毎年、クリスマスの頃に、相手の家族をもっとよく知るようにと、息子をスミルナへ行かせていました。私の理解したところでは、ドクトルはこのカリオピという娘が好きになり、婚約も決まり、そしていまやルーマニアから彼の両親が到着するのを待つだけになっていました。しかし結局、ギリシア女である彼の母親しかやって来ませんでした。なぜなら、彼の父親はどうしてもモンテ・カルロを離れる気になれなかったからです。婚約の式が行なわれた晩、もうその頃ほとんど三〇歳近くになっていて世間をかなり見てきたドクトルは、その祝宴のために Veuve Clicquot のシャンパンを注文していました。しかしたまたまその婚約の祝宴に、やはりギリシア人だったかそれともアルメニア人だったか、それともほかの国の人だったか忘れましたが、カリオピの両親の友人であるひとりの老人が列席していました。その老人はいろんな不思議な才能を持っていて、客に行った先で様々の手品や奇術をやってみせるのを好んでいました。みんなが盃を打ちあわせていた時、この老人はドクトルに近づいて、《あなたはどうしてばら色のシャンパンをもらわなかったのですか?》とたずねました。ドクトルは自分の盃をのぞきこみました。そして他の人たちのものぞいてみました。老人のいう通りでした。彼のシャンパンは、みんなほかの人たちが手にしているシャンパンと同じ金色がかかった白色をしていました。老人をよく知っていたカリオピの両親はなにも言いませんでした。ドクトルはもうひとつ別の盃を持ってくるようにと求め、再びばら色のシャンパンを注いでもらいました。しかし盃の中のシャンパンは、やはり金色を帯びた白色のシャンパンでした。

そして彼がすっかり考えこみ、ふさぎこんだのを見て、カリオピの家族たちはいっせいにどっと笑い出して、《この人の手品ですよ。大奇術師なんですから》と彼に告げました。そして、次にドクトルがコップに目をやると、それはばら色のシャンパンでいっぱいになっているのが見えました。《でもあなた、これはどういうふうにやったのですか？》とドクトルは好奇心に顔を輝かせてたずねました。《長い年期のいるものでな、それにたくさんの習練と苦心が必要なのです》と老人は彼に答えました。《でも私はそれを習いたいのです》とドクトルは熱心に言いました。《でも、いまではちょっと手遅れですな》と相手は半ば茶化して言いました。《明日、明後日のうちにあなたは結婚なさる。そうすれば自分の奥さんを可愛いがるのにかまけて、それ以外のことに時間が割けるとは思えませんのでね》《いいや》とドクトルは言いました。《まさにその正反対のことをしましょう。まずあなたに教えてもらって、そのあとで私は結婚します。私もカリオピもまだ若いのですから、待つ時間は十分にあります。そうじゃないかね、カリオピ？》と、彼は自分の許嫁の方をふり返ってたずねました。けれどもカリオピは、わっと泣き出して、客間から走るように出て行きました。彼の母親が彼を諫め、ほかの人たちもみんな彼を諫めました。けれどもドクトルは、まずシャンパンの色を変える術を身につけて、それから結婚するのだ、と馬鹿のひとつ覚えのようにくりかえすばかりです……

こうしてドクトルとカリオピとの結婚はお流れになってしまいました。もっとも、彼の母親はそのあとでも、まだすっかり望みを捨てたわけではなかったのですが。老人が彼の家族に説き伏せられて、彼に奇術、手品を教えはじめ、彼がそのからくりをのみこみ、覚えこむのがあまりにも早いのにすっかり舌をまいてしまったので、なおさらのことでした。カリオピはその前に、一年以上は彼を待たないと宣言していました。しかし彼はさらにもう一年の猶予を求めました。それでも、おそらく二人は最後には結婚していたことでしょう。もしもカリオピが、ちょうどその頃ギリシアからやって来た自分のもう一人の従兄弟を好きになり、そしてドクトルの方は、極東から来たあるオランダの船乗りと出会い、その船に乗りこんでしまうといった偶然が重ならなかったならば。ただこういった成行きになって、やはり一番貧乏くじを引いたのはかわいそうにカリオピでした。というのも、彼女が結婚した相手の男は、のちに大船舶業者のレオニダの片腕といわれる地位を得たのですが、この男にもまた長いいわくつきの話がありまして……」

「ファルマ」アンカ・フォーゲンがそれを遮って言った。「早くシャンパンをお飲みなさい、あたたまってしまうから」

ファルマは慇懃に頭を下げ、コップのシャンパンをぐっと一息に飲んだ。それから立ち上り、幾度もお辞儀して盆の上にコップをおくと、おじけづいた態度で肘かけ椅子に腰を下ろした。

「そこでと、あなたがまた話に夢中にならないうちに、知ってもらいたいのだけど」とアンカ・フォーゲルがつづけて言った。「私はあなたの話ならどれでも聞くのは好きだけれども、私がとくに知りたいと思っているのは、オアナとその夫、あのエストニア人の教授の身になにが起きたか、またリクサンドルの身になにが起きたか、ということ……」

「そのことに話を持って行こうとしていたのです」とファルマが困ったような笑みを浮かべて言った。

「というのも、ドクトルが自分の体験をあれこれ語ってくれたのも、この二人の結婚式でしたし、この結婚式に多くの出来事が結びついているからです。でもそれを理解して頂くためには、その頃リクサンドルが彼よりも少し年上の二〇歳ぐらいのドラゴミール・カロンフィレスクという青年と仲良くなっていたことを知って頂かねばなりません。彼ら二人は、二人だけでほとんど口もきかず夜の街を歩きまわるのが気にいっていました。というのも、ドラゴミールは生来、口数が少なく、沈鬱な方だったし、リクサンドルも詩を朗読するのに熱中していない時にはあまり口もきかない方でしたから。そしてある夜、二人で黙りこくって長い間歩きまわったあげくに、リクサンドルがいきなりこう叫びました。《ああ、もし僕にあの矢がどこへ消えたのか、そしていまヨジがどこにいるか分りさえしたら、僕にはすべてが分るんだがなあ！》ドラゴミールは、そういった出来事をごく断片的にしか知りませんでした。そこでリクサンドルは、彼にその一部始終を詳しく話してきかせました。リクサンドルが話し終ると、ドラゴミールは苦々しげに笑って言いました。《僕は子供の頃に、そんな不思議な冒険がわが身に起きるという幸せには恵まれなかった。僕の人生で、なにか異常で、けたはずれだったことは、みんな僕が生まれる前か、それとももう僕が子供でなくなってからずっと後に起きたんだ。が、それでも僕にはある鮮明な思い出がある。八歳の時に僕は猩紅熱にかかって、ある病院に入院させられた。僕のところにはいろんな昔話や冒険物語の本が届けられた。たぶん僕はそれをみな読んだが、忘れてしまっているんだ。ただ僕が読み終えなかったカルメン・シルヴァ（ルーマニアの王妃で女流作家）のある物語だけは決して忘れることはないだろう。読み終えられなかったのは、その次の日に僕は退院して、そのあと、僕の手の触れた本はみな乾燥炉では殺菌できないので、燃されてしまったからだ。正直言って、その物語の中で僕が憶えているのは、前後のつながりのない、それもおそらくあまり大切ではない箇所だけだ。白い象を乗りまわしていた言い知れぬほど美しい娘と、そしてどこかインドあたりの寺院。それくらいが僕の憶えている全部だ。しかしそれが僕の子供時代のもっとも貴重な思い出なのだ。僕は何年も何年も、病院で読みはじめたその物語の本を探して、読んでしまおうという誘惑と必死になって格闘した。しかし遂にそれに打ちかった。そしていまでは、あのえも言われず美しい娘がだれだったのか、なぜ白い象を乗りまわしていたのか、そしてインドの寺院でなにをしていたのか、それを自分が決して知ることはないだろうと確信している……》　それからドラゴミールはつづけて言いました。《君は自分の子供時代のある冒険を理解しようとしてヘブライ語を勉強した。それは結構だ。しかし用心するんだ、そこで止めにしておくことだ！》　最後の言葉がとくに強い口調で発せられたので、リクサンドルは立ち止まって《なにが言いたいのだい？》と相手にたずねました。

ドラゴミールは彼の片手を摑んで、彼をふりかえらせました。彼らはフェルディナンド大通りの、火の見櫓から数百メートルほどのところに来ていました。《後をふりかえってよく眺めてみたまえ》とドラゴミールは言いました。《ここから三つ目の街燈のところにある、白いバルコニーのついた家の前を。あの家が見えるかい？》リクサンドルは《見えるよ》と答えました。《よし、それじゃ今度は僕といっしょに来たまえ。まだ真夜中になったばかりだし、時間はたっぷりある……》　そう言ったきり、ドラゴミールはリクサンドルの片腕を握ったまま、急ぎ足で火の見櫓の方に向って行きました。火の見櫓のそばまで来ると彼をおしとどめ、右手を向せました。そして、《どこまで君は見えるかね？》とたずねました。《教会の前庭のあたりまで見えるよ》とリクサンドルは答えました。《よし……》それから再び歩き出して、パケ・プロトポペスク通りに出て、ムントゥリャサ通りを越えて、ポパ・ソアレ通りまでたどりつきました。《ここで休もう》とドラゴミールは言いました。《たしかこのあたりにベンチがあったし、煙草を一服吸う時間もあるからね》　二人はベンチに腰を下ろし、ドラゴミールは自分のシガレット・ケースを出して、煙草を一本抜きとりました。リクサンドルも一本それをとると、もう我慢できなくなってドラゴミールにたずねました。《それで？　いまのは一体なんのことだったんだい？》《いま君に見てもらった敷地は全部、僕の家のものだったんだ。すべてがカロンフィルの土地だった。それがいまでは、君も知っている何軒かの屋敷以外は、僕らの手元にはなんにも残っていないのだ。それも、カロンフィルの孫のひとりである僕の曽祖父が、君と同じように、地中に眠る人たちがどこにどのようにしているかを知ろうと望んだからなんだ》《僕にはそのつながりがよく分らないが》とリクサンドルは言いました。《まあ、僕といっしょに来たまえ。君に説明してあげるから》とドラゴミールは言いました」

ファルマはそこでちょっと話しやめると、自分の煙草に火をつけた。そして微笑しながら話をつづけた。

「その当時ポパ・ソアレ通りには、堂々とした構えの、珍しい居酒屋があったことを知って頂かねばなりません。一本の菩提樹の陰になった庭園がその店の前にありました。夏になると、そこへ、とくに美人というわけではないが、妖気をただよわせたひとりの娘がやってきていました。人々は彼女をレヤナと呼んでいましたが、彼女は首を横に振って、《私そんな名じゃないわ》と答えていました。そしてそれ以上のことは言おうとしませんでした。自分を神秘のヴェールで包みたいというのが、彼女の泣き所だったからです。この娘、レヤナは歌うたいでした。そしてブクレシュティの場末のほかの裏街からも人々が彼女の歌を聴きにやってきていました。というのも、彼女はたいていの人が忘れてしまった古い歌をよく知っており、それをひとりでリュートの伴奏をつけながら歌っていたのですが、そんなやり方はもう当時では珍しいものになっていたのです。その居酒屋へドラゴミールはリクサンドルを引っ張って行き、そこに明け方までいました。レヤナは二人のためにだけ歌ってくれたのですが、二人は彼女の歌をほとんど聴いていませんでした。なぜなら、その間ずっとドラゴミールはヨルグ・カロンフィルの生涯の出来事を話しつづけていたからです。時々レヤナは歌をうたい止めて、リュートを膝にのせ、自分もその話に耳を傾けました。ドラゴミールは彼らといっしょに飲むようにレヤナを誘い、レヤナはぶどう酒の盃を前にして話を聴きながら、時折もの思いに沈んで、夢みるような表情で微笑していました。それから急に立ち上ると、リュートを胸にしっかり押しつけて歌いはじめるのでした……」

「私がこんなことをみんな申しあげるのは」とファルマは言いわけがましくつけ加えた。「この娘、レヤナにもまた長いいわくのある話があって、リクサンドルはその話を終りまで知るにはいたらなかったのですが、しかしドラゴミールが、彼にヨルグ・カロンフィルの生涯を話すためにそこへ連れて行った夜、彼女と知りあったというただそれだけのために、彼の身にも多くのことがふりかかってきたからです。ご承知おき願わねばなりませんが、このヨルグ・カロンフィルは、あのアルギラ、その頃、すなわち一七〇〇年頃にそう呼ばれていた、あの絶世の美女アルギラの夫だったのです。この女は、考えられる限りの豊かな恵みを神からさずかっていました。その美しさは世にあまねく知れわたり、ドナウ川を越えてトルコ人たちのもとにまで噂がひろがっており、彼女の死後百年近く経ってもまだその名はブクレシュティでとり沙汰されていました。なぜなら一八五〇年頃には、音楽師たちがまだ彼女のことを歌っていたのですから。しかも彼女は美人だというだけではありませんでした。当時としては珍しいことでしたが、芝居と詩人が好きで、教養が深く、ルーマニア語とギリシア語以外にイタリア語、スペイン語およびフランス語を知っていました。けれども、ただひとつ大きな欠陥がありました。大変な近眼で、ほとんど目が見えない状態でした。宮内長官であった彼女の父親と、それから後には彼女の夫のヨルグ・カロンフィルがありとあらゆる医者、眼医者をイスタンブールや西ヨーロッパから招いて、そのためにひと財産を費やしたということです。当時、パケ・プロトポペスク通りと、ポパ・ソアレ通りの中間あたりにあった彼らの家には、いつも何人かの医者とレンズの職人とがいました。というのも、職人の中にはその小さな仕事場もろとも移り住んで、種々様々のガラスやレンズを試してみるための一種の実験室を作りあげていた者さえいたからです。おそらく、こういった西ヨーロッパから来た職人たちのひとりから、ヨルグ・カロンフィルは、あの伝説や迷信をはじめて聞いたのでしょう。地中に魔法をかけられて埋められている水晶や宝石、それを見つけ出すのは大変に困難で、ある種の人間にだけそれができるのだという例の言い伝えと迷信です。おそらく、はじめに地下の世界を知りたいというこの考えを彼の心に呼び起したのは、アルギラにたいして抱いていたあの深い愛情だったのでしょう。彼は、もしこういった言い伝えが本当であるならば、アルギラに視力をもどしてやるのに役立つ水晶を彼が見つけ出すのを、きっと神が助けてくれるはずだと思ったのでしょう。

しかしもっと後では、地下の生活を知りたいというこの願いが、一種の執念となって彼をとらえるにいたったことは疑う余地がありません。なぜなら、こうして、ヨルグが地下室のひとつに一種の実験室を作り、何人かの外国の職人の助言と援助を得て研究をはじめた後に、なんとアルギラは視力を回復してしまったのです。どういうふうにして視力を回復したのかということは、これはまた別の話です。いずれにしても、あの七月の夜、ポパ・ソアレ通りの居酒屋でドラゴミールがそれを話している暇がなかったのは間違いありません。なぜならリクサンドルは、地下の秘密を探るという執念にとりつかれたヨルグ・カロンフィルの苦労話を聞き出そうとして気負い立っていたのですから。西ヨーロッパから来た職人たちが彼に話してきかせたあらゆる伝説や迷信のたぐい、太陽と月の作用によって鉱石や宝石がどんなふうにできていくかという話、山中でどういうふうに鉱脈が大きくなり、そして仙女に守られているかという話、その他のこれに似たような話を聞いてからヨルグは、ルーマニアの百姓たちが、復活祭に赤く染めた卵の殻を小川に流して、川の流れがそれをブラジン——地底のどこかに住んでいる、魔法にかけられた生物ですが——そのブラジンたちの国へ運んで行き、復活祭の来たことを告げ知らせるのだ、と話していたことを思い出しました。

そこでヨルグは、もうヨーロッパの職人たちや山師たちのことは忘れてしまって、田舎に出かけて自分の領地やその周辺を歩きまわり、古老や老婆を探し出しては、彼らがブラジンと地下のその国について知っていることをすべて語らせるということをはじめたのです。けれどもこの老人たちにしても、世間のだれもが知っていること、すなわちこのブラジンたちがとても温和な、情深い生物たちで、そこ、すなわち地中で、人間たちの捨てた残りものを食べて生きていて、たえず祈りを捧げているということ以上には知りませんでした。ただブラジンたちについては、大昔には地面の上に住んでいて、ある事件が起きてから地下に移り住んだということが知られていました。ところでヨルグは、この言い伝えがなにか衝撃的な真理を秘めており、人はその意味を理解することさえできれば、ブラジンの国へ降りて行く道を見出せるばかりでなく、同時に、教会が洩らしてはならないとされているその他のすべての秘密にも通じることになるのだ、という考えを持つにいたったのです。

ヨルグはそれから、田舎から帰って地下の彼の実験室に一日中閉じこもっていました。そのあとで地下室用に鉄のドアを作るように命じ、さらにそれに南京錠までつけましたが、それは彼の許しなしにだれひとり地下室へ降りたりしないよう、念には念を入れるためでした。彼がその実験室でなにをしていたのかだれにも決して分りませんでした。ただある日、いきなりその地下室で水が湧き出しはじめたのです。そしてヨルグが顔に恐怖の色を浮かべてとび出してきて、水を汲みだすためにみんなバケツや桶を持って急いでくるようにと命じました。丸一週間、昼も夜も家中の人間がかかりきりで水をかい出しましたが、水はますます強い勢いで湧き出してくるばかりです。ヨルグは死物狂いの形相で、一睡もせず、鬚はぼうぼうに延ばしたままで、階段の上に立ってみんなに《もっと早く、もっと早く!》と叱咤激励していましたが、どうにもなりませんでした。一週間後には水は地下室にいっぱいに溢れ、階段のところまで上ってきました。するとヨルグは片腕をふりあげて、《もう止めろ、神様は私をお助け下さらなかった！》と叫びました。顔は青ざめ、やせこけて、眼は不眠と疲労で真赤になっていました。肘かけ椅子にくずれ落ちるように腰を下ろすと、顔を両手でおおい、泣き出しました。そして《神様は私をお助け下さらなかった》と何回もくりかえしていました」

ファルマは話しやめて、アンカ・フォーゲルが彼のために机の上に差し出したシャンパンの盃を身をかがめて手にとった。それからもう一本煙草に火をつけた。

「それから」と彼はしばらく間をおいてから再び話しはじめた。「あなたに申しあげておかねばなりませんが、こういったことをすべて私は次の日学校で聞きました。昼休みに校長室へいきなりリクサンドルが姿を見せたのです。急ぎ足で入ってきましたが、まるで熱病にでもかかったように目が燃えていました。ドアの方を振りかえって、だれかにあとをつけられているのではないかと恐れてでもいる様子でしたが、私に近づいてきて、囁き声でこう切り出したのです。《校長先生、こんなことをお願いしてもお怒りにならないで下さい。そしてなんにもたずねないで頂きたいのですが、私がひとりで、学校の地下室へ降りるのを認めて頂きたいのです。どうか私のことを笑ったり、またこれ以上質問したりしないで下さい》と彼は、私が呆気にとられて彼の顔を見つめているのを見てつけ加えました。けれども次の瞬間に、ドアがさっと開いて、ひとりの若い娘が校長室へとびこんで来ました。私の方へ走り寄って私の両手を握って呼びました。《校長先生、行かせないで下さい、この子を地下室へ降りて行かせないで下さい。この若さでかわいそうじゃありませんか！》《しかし、あなたは一体何者だ？》と私は彼女に握られている手を振りほどこうとしながらたずねました。《一体どんな権利があって、ドアもノックせずに、他人の部屋へ入ってくるんだね？》《私が知っているほどのことを全部ご存知だったら、私を赦して下さるでしょう》と彼女は言いました。私は人からはレヤナと呼ばれていますけど、本当の名は別にあります。私の犯した罪ゆえに、神様の罰をうけて居酒屋で歌をうたって歩くまでにおちぶれていますが、もともとこんなことをするように生まれついたわけではありません。いまはここ、あなたの学校の近くにある《ひまわり草》亭でうたっています。でも、昨晩は二人の若い人たちが入ってくると、私はすぐに好きになったので、二人のために歌をうたってあげました。そして、もう一人の方、地主の甥がこの人に話していたことを聞きました。そして私は、もしあなたがこの子の地下室に降りるのを許された場合に、この子を待ちうけている危険を知っているんです……》

リクサンドルは娘の言葉を聞くと顔色が青ざめました。そして私に向って、《校長先生、この人のいうことに耳をかさないで下さい。このレヤナは頭がおかしいんです。いたるところに、危険とか魔法とかが待ち伏せていると信じこんでいるのです。彼女を追い出して下さい。そして、ドアを礼儀正しくノックしてから再び入らせて下さい……》と言うのです。私は《まったくわけがわからない！》と叫びました。《二人とも腰を下ろして、なんのことか説明してもらいたいね。君から話をしてもらおうか》と私は女の方に向って言いました。するとリクサンドルが、《校長先生、この人の言うことなんか聞かないで下さい！》と横槍を入れました。《このレヤナは、お客さんに歌を聞かせるかわりに、その内緒話によくわけもわからないままに聞き耳を立てているんです……》私は彼の方を振りむいて、厳しくきっとにらみつけました。リクサンドルは顔を赤らめて、それからはもうなにも言いませんでした。《私は一晩中眠りませんでした》とレヤナは話しはじめました。《この子がやろうとしていることが分ったので、私は心底から震えあがりました。この子の若さが不憫でならなかったのです。私はこの子が熱しやすい性質なのを見てとって、この子を待ちうけている運命を悟り、こんなに若い身空で、愛というものさえ知らないうちにこのまま身を滅ぼしてしまうのでは、神様の御心にもそわないことだと思いました。ですから私は一眠りもせず、学校のそばの道で彼がやって来るのを待ち構えていました。きっと来ると知っていたからです。そして彼が学校に入るのを見ると、私もそのあとにつづいて来たのです。お願いです、校長先生、神かけてお願いします、この子を地下室へ降りさせないで下さい！……》《でも、一体なぜなんだ？》と私は全くわけが分らないので叫びました。《この子があなたにわけをお話しますわ》とレヤナが言いました。《私が先生にお話します》とリクサンドルが言いました。《しかし先生にだけお話しします。レヤナとはまたあとで話しあいます。でもいまお話することは、先生にだけ差し向いで話したいのです……》《私はここから動きませんよ、校長先生》とレヤナが横から遮りました。《この子を地下室へは降りさせないと私に誓って下さらない限りは》　私はそれにたいして《そんなことはできないよ》と答えました。《まだなんのことか知らないのだからね。しかしもう一度君の言い分を聞くまではこの子を地下室へ降りさせるようなことはしないと誓ってもいいよ。じゃ、これからは私たちを二人だけにしてもらいたい、君は出て行って、校庭で私たちを待っていてもらおうか……》」

「そこで私の言い分が通って」とファルマは一息ついて言った。「二人きりになると、リクサンドルは自分がその前夜に知ったヨルグ・カロンフィルの行状を私に話してくれました。どうやら、水かさが絶えず増してくる様子を、地下室の入口で肘かけ椅子に何時間も腰を下ろしたまま眺めていたあとで、ヨルグは執事を呼びよせてこうたずねたらしいのです。《おい、わが家の先祖のうちでこの家で死んだ者は何人いる?》と地下室の上の部屋の方を指さしながら、たずねたとのことです。《このお屋敷では、どなたもお亡くなりになった方はありません》と執事は彼に答えました。《大旦那様のカロンフィル様はぶどう園でお亡くなりになったし、あなた様のお祖父様、曽祖父様は、あそこの》と言って執事は、向いにある建物を指さしました。《古いお屋敷でお亡くなりになりましたから》《そうか、私は大たわけ者だった!》とヨルグは叫んで、自分の額を平手で叩きました。それから肘かけ椅子から立ち上がると、奉公人たちに向って、《もう恐がることはないぞ、そのうち水はひくからな……》と言いました。そして事実その通りになりました。その夜から水はひきはじめ、一週間のうちにすっかり消えてしまいました。ヨルグの実験室がどうなったのかは分りません。水がひいてから、ヨルグはひとりで地下室へ降りて行き、ドアを閉めてしまったのです。そしてそこから出てきた時には、両手になにか箱を抱えていただけだそうです。ほかに残っていたものはみんなハンマーで壊してしまったそうで……

しかしそれからまもなく、古い屋敷の地下室でなにか研究をはじめました。鉄製のドアを作らせて、その地下室に昼も夜も閉じこもったきりでした。けれども数ヵ月後には同じことがくりかえされました。階段からとび出して、みんなにバケツや桶を持って来るように叫び、それからまた昼も夜も水を汲み出すことに忙殺され、あげくにみんなに仕事を止めるように合図すると、すっかり意気消沈して、両手に顔を埋めて、《神様はお助けになって下さらない》とつぶやいていました。それでもまた数カ月後には、庭の奥の、昔なにか建物があった場所で三度目の試みをはじめました。それは彼の祖先のひとりがその辺一帯を買いとった時に、馬小屋を建てるために以前あった建物をとり壊した場所でした。そして事実、馬小屋の床下で古い地下室の名残りが発見され、ヨルグはそこに実験室をまた作らせました。それから先どうなったかは私は知りません。リクサンドル自身が私になにも言いませんでしたから。しかしこの三度目の試みも成功しなかったことは間違いありません。なぜなら、それから間もなくヨルグは自分の所有地の一部を売り払って、外国へ出かけてしまったのですから……

《この話はみんな昨夜ドラゴミールから聞きました》とリクサンドルは話を締めくくりました。《でも、レヤナもそれに聞き耳を立てていたとは知りませんでした。そして今、私が先生にお願いしたいことは、どうか私が地下室へ降りるのを許して下さいということだけです。なぜなら、先生もご存知かどうか知りませんが、この学校が建っている敷地もやはりカロンフィルのものだったからです》《ここの敷地もその続きの建物も、ムントゥリャサのものだったんだよ》と私は彼に答えました。《知っています》とリクサンドルが答えました。《そしてそれをどうやって手に入れたか、その顚末も知っています。でも私には、この通りのどこかに、そしてもしかしたらこの学校のある場所のどこかに、あのしるしが残っているという気がしてならないのです》《リクサンドル、それは一体どんなしるしなんだね？》と私は彼にたずねました。《それは勘弁して下さい、校長先生に申し上げることはできません》とリクサ

ンドルは顔を赤らめながら言いました。《よかろう、じゃ言わなくてもよろしい……》

私が立ち上るとリクサンドルも立ち上り、二人は校庭に出ました。レヤナは私たちの姿を見かけるなり、私たちの方へ駆けよってきました。《で、どうなさいますの?》と彼女が私にたずねました。《みんなで地下室に降りてみよう》と私は答えました。するとレヤナはその場にひざまずいて、私の両足を腕で抱きかかえて叫びました。《あの子をあそこへ行かせないで下さい、校長先生! あんなに若いのに、かわいそうです》《心配するんじゃない、娘さん》と私は彼女を立ち上がらせながらなだめました。《私たちの地下室には一度も水が湧き出したことはなかったのだから》《そんなことは分ったもんじゃありません》とレヤナは叫びました。しかし私は彼女の願いには耳をかさず、地下室の鍵を探し出し、地下室の入口の最初の部屋に電燈がひとつついているきりだったので、ろうそくを三本手にとって地下室へ降りて行きました。レヤナはリクサンドルのあとに、彼に少しでも危険が迫ったなら両腕に抱きすくめられるようにと、ぴったりくっついて歩いていました。こうして私たちは、地下室の中を小一時間ほど歩きまわりました。リクサンドルは、青ざめた顔で、唇をぎゅっと噛みしめながらこっちの壁、あっちの壁と仔細に調べ、ろうそくの炎を床の砂に近づけたり、掌を壁の上に這わせて、なにかのしるしを懸命に探している様子でした。それから急に私の方を向いて、《ここにはありません。もう帰ってもいいです》と言いました。するとレヤナは、彼にとびかかるようにして両腕に抱きしめ、両方の頰に口づけしながら、《若旦那、無事でよかった!》と叫びました。それから私の片手を握り、はっと思う間もなく私の手に口づけすると、《あなたの優しい御心に神様が幸せをお恵み下さるように》と私に向って言いました。それから自分のろうそくを吹き消すと、急ぎ足で階段を上って行きました……

こうして、私はレヤナと知りあいになりました」とファルマは微笑しながら言った。「もうすぐその晩に、私は彼女の歌を聴きに《ひまわり草》亭に行きました。それ以来、私はその娘が好きになり、そうしてもっと後には彼女の身の上話も知ることになりました。ドラゴミールの話した出来事のうち、なにが彼女をそんなに怯えさせたのか私は知りません。しかし、彼女があれほど喜んでリクサンドルにキスまでしたのは無意味だったと言えます。なぜなら、あの青年はあれで諦めはしなかったのですから。翌日から近所を歩きまわっては、家々の地下室に降りて行く許可を求めていたのです。レヤナがそれを知ったのはずっと後で、その時は遅すぎたのです。そして、よその家の地下室を探険したいというこのリクサンドルの願いがもとで、二人の身にどんなことが次々に起ったか、とても幾夜かかっても話しきれるものではありません」

「まあ一息ついて、シャンパンを一杯お飲みなさい」とアンカ・フォーゲルは、事務机の向うから瓶を差し出しながらファルマに言った。

ファルマは感激して立ち上ると、瓶を手にとり自分のコップに注いだ。それから事務机をまわって行き、瓶を銀製の冷却用バケツに静かにもどした。

「すぐにお飲みなさい！」とアンカ・フォーゲルがすすめた。「よく冷えているうちにね」

ファルマは微笑を浮かべて、幾度も丁重に頭を下げながらシャンパンをすすり、そして思わず溜息を洩らした。そして煙草に火をつけ、しばらくのあいだほとんど両方の眼を閉じるようにして、夢見るような様子で煙草を味わっていた。

それから急にまた話をはじめた。「そうです。リクサンドルは長い間この熱病にとりつかれていました。私たちの下町に住む人々をくまなく訪れては、その家の地下室に降りることを許して欲しいと丁寧に頼みこむのでした。たいていの人は彼を追い払うか、それどころか、中には警察の手に引き渡すぞとおどす人さえいましたが、また中には彼の頼みを聞き入れてくれる人もありました。そうするとリクサンドルは、ろうそくと懐中電燈を手にして地下室へ降りて行き、壁を調べ、そして黴が古いものでなにか得体の知れない、彼だけの知っているしるしに似ていたりすると、小一時間以上もそこに留まって、それから前よりもさらにいっそう青ざめた顔をしてその地下室の闇の中から現われて、人々に丁寧に感謝の言葉を述べ、それからお礼として、戸口に立って詩を幾篇か吟じるのでした。つねにエミネスクの『メランコリア』からはじめ、もしその家の人々に詩が気に入ったようだと、カモンイスのソネット、とくに『わが優しい魂』の吟誦をはじめるのでした……そこで、敷居の所に立って、片手を胸に置き、もう一方の手でドアに身を支えて吟誦するのでした。多くの人々は彼がなぜそんなことをするのか理解できず、彼のそんな姿を悲しみと同情をこめて見守るのでした。というのも、その頃にはリクサンドルは立派な顔立ちの青年になっていたし、彼が敷居の上で、そんなふうに、青ざめてほこりまみれの姿で、両手には黴の汚れをつけたまま、エミネスクやカモンイスの詩を朗誦する姿を目にすると、人々の胸はひとしお深い悲しみに閉ざされるのでした。多くの娘たちや女中たちが彼に恋心をよせていました。そして多くの女たちは、彼が同じ通りを、晩春の明け方や夏の暮れ方に通り過ぎるのを目にして、溜息をつくのでした。リクサンドルは、この時刻には人々の心がいつもより和やかになっていて、数週間前にあるいは数ヵ月前に追い払われたり、あるいは警察を呼ぶとおどされた家でも、もしかして迎え入れてもらえるのではないかと思っていたのです。

時には、私も校長室の窓から、彼が花の咲いているあんずの木の下をなにか陰気にもの思いに沈んで通るのを見かけました。というのも、学校のそばにはその当時」とファルマは微笑しながら言った。

「たくさんのあんずの木があって、春の早朝には、その木にはまるで雪が降り積っているように見えたものです。暇な時には彼に声をかけたり、あるいは私の方から出て行って通りで彼と話を交すこともありました。《リクサンドル、君はあいかわらず諦めないのかね?》と私は、まあからかい半分に彼にたずねるのでした。しかし彼はすぐに興奮して、不眠でおちくぼんだ、射すような目で私を見つめるのでした。《校長先生、もし私の知っているだけのことをあなたがご存知だったら》と私に言うのでした。《そんなに笑ったりはされないでしょう。私はドラゴミールに根掘り葉掘りたずねて、多くのことを知ったんです。そしてあのしるしが、どこかこの近くに、大通りと、ポパ・ソアレ通りと、モシ通りに囲まれたこの辺りにあるという気がしてなりません》 そう言いながら、彼は片腕を差しのべて、それをふりまわしていました。《もし私に一〇億レイほどの金があったら、この付近一帯の家を全部買いしめて、それをとり壊してしまうのですが》と彼は私にある時言いました。《私がこの近くの地中に、この歩道の下に》と彼はがむしゃらに靴のかかとで石畳を蹴りながら言いました。《見つけ出すかも知れないものの正体をすべてお知りになったら、あなたも、歴史家たちも、考古学者たちも、呆気にとられるでしょうよ。あなたがお考えになっているよりはるかに古い住居跡があるのです。私はそれに関心があるというわけではありません。私の探しているのはそんなものではありませんから。でもこの地中に、この石畳や家の下に、どれほどの秘密がかくされているか、それを知ることはあなたにもみんなにも関心のあることでしょうから……》

《いいよ、わかったよ、リクサンドル》と私は彼の言葉を遮りました。《君は立派な青年で、学問も身につけた人間だ。もう子供じゃない。その君がその年齢で、これだけの年月を経てもまだヨジが地中にかくれて住んでいるのを探し出せるなどとよくも考えられるもんだね?》　リクサンドルは私を長いあいだじっと探るように見つめて、それから悲しそうに微笑しました。《校長先生》と彼は答えました。《あなたが、私のことを頭が少し変になったか、子供の知能程度の頭しか持っていないとお考えになっているのは残念です。私はヨジが生きていることは間違いなく知っています。ただそれは、この地中に、私たちの足もとにではありません》とあの青年は、再び歩道の石畳を靴のかかとで蹴りながら言いました。《でも、あなたにお話したあのしるしは、まず地下で探さねばならないのです……》《おいリクサンドル、それはどんなしるしなんだね?》と私は彼にたずねました。《はあ、それが》と彼は微笑しながら私に答えました。《それはあなたには申しあげられません。なぜなら、そのしるしを分ろうとするにはまずそれを見なくてはならないのです……》　そう言うと、彼は私に挨拶して花の咲いているあんずの木の下を去って行きました。

私は、ポパ・ソアレ通りの酒場で、彼が時々レヤナの歌に耳を傾けているのに出会いました。たいていドラゴミールといっしょに来ていました。けれども一度、ひとりで来ていた時に、私をそっと片隅へ呼んでこう言いました。《校長先生、あなたにどんなに奇妙に思われようと、ともかくこのレヤナは大きな秘密を抱いています。そうでなかったら、どうして彼女にもあのしるしが分ったでしょうか？ それというのも私は、彼女があのしるしを知っていると確信しているのですから。あのレヤナが校長室の私たちの所へとびこんできた時のことを、憶えておられますか？ 私が地下室へ降りるのに大きな危険があるなんて、どこから彼女は考えついたのでしょう？ あなたはほかの人と同じように恐がりませんでした。彼女はなぜ恐がったのでしょう？ あの娘はなにかを知っているんです。彼女がうたうのを聴いていると、彼女はよく私たち、ドラゴミールと私のためにだけうたうのです。そしてある歌をうたったあとで、私たちのそばに来て意味ありげに微笑むのです。ある歌のあとでね》とリクサンドルは最後の言葉を強調して言いました。《しかし、どこでその歌を知ったのか、まただれに教わったのか、それは言おうとしません》《どんな歌だね、リクサンドル？》と私は彼にたずねました。《校長先生、先生もどうぞ彼女の歌を聴いてみて下さい。そうすればいつか分ります。彼女はその歌を毎晩うたっているのですから……》

こんなわけで、私もポパ・ソアレ通りの酒場に入りびたるようになり、レヤナの歌が聴ける時にはいつもそこへ通っていましたので、そのうち下町一帯で、私がレヤナに首ったけになっているという噂がひろがるほどになりました。でもそれは事実ではありませんでした。私はレヤナが好きでしたが、それはほかのあのたくさんの若者たち、思春期に足をふみ入れたばかりのあの青年たち、夢想家たち、冒険家たち、そしてなにか風変りなところのある、あるいは私たち疲れ果て気力を失った大人が見るのとはちがったなにかを人生に見出しているすべての若い人たちが、私に好ましく思われるのと同じでした。しかし私が、レヤナの歌を聴きに行ったのは、彼女のうたっていた酒場が好きになったからでもありました。私はポパ・ソアレ通り全体に強く惹きつけられていたのです。と申しますのも、ご承知おき願いたいのは、私の住んでいるこの町、すなわちムントゥリャサ通りと、ポパ・ソアレ通りとは……」

その時、アンカ・フォーゲルが急に笑いだした。

「いけませんね、ファルマ」と彼女は自分のコップにシャンパンをもう一度注ぎながら言った。「そんなふうじゃいけませんね。朝までかかっても話は終りませんよ。追憶にももう少し順序というものがなくては。まずオアナの結婚式でなにがあったか、そしてそのあと彼女と彼女のそのエストニア人の身にどんなことが起きたかを私に話してもらいましょう……」

「いいえ、私もそちらへ、オアナの結婚式へ話をもどそうと思ってはいたのです」とファルマは微笑しながら言った。「けれどもそれがどうなったかを理解するためには、ドラゴミールの従姉妹、ザンフィラと名乗っていたあの風変りな美しい娘が、すっかりオアナに夢中になって、彼女の父親の酒場に絶えずやってくるようになり、時には自分のスケッチ帳を持って昼の間にもやってくると、スケッチをしていたということを知って頂かねばなりません。しかし彼女がオアナからなにを望んでいたかを理解するためには、ザンフィラ自身の身の上話を知らなくてはなりません」

しかしそこでファルマは、怯えたように急に口をつぐみ、アンカ・フォーゲルの方に視線を向けた。

「ザンフィラの身の上話ですって！」と彼女は夢見るような調子で叫んだ。「私がザンフィラの身の上話を知らなくてはいけない、というのね？　その話はどれほど続くの？」と彼女は微笑しながらたずねた。

「彼女の本当の身の上話は」とファルマは落ちつき払って話しはじめた。「二百年以上続きます。なぜなら彼女の身の上に起きたことはすべて、自分があのザンフィラ、アルギラに視力をとりもどさせたと、私が先にあなたにお話した、あの娘に自分が似ているはずだと思ったところに由来しているからです」

アンカ・フォーゲルは再び笑いはじめた。

「ファルマ！」彼女は首を振りながら叫んだ。「あなたは変った人ね……さあ、そこの煙草をポケットに入れて行きなさい。少しは慰めになるでしょうから。今晩の話にたいしてお礼を言っておきます。そしてまた近いうちに会えると思いますよ。おやすみなさい！」

彼女は事務机越しに片手を彼の方へ差しのべた。ファルマはあわてて立ち上り、その手を握ると、それに唇の先で軽くキスした。

「大変有難うございました。煙草とそしてご信頼にたいして心から感謝いたします」と彼は言った。

Ⅷ

ファルマは毎日書きつづけた。けれどもいまではひじょうに注意深く、ゆっくりと書き、書いたものを看守に渡す前に丁寧に読みかえしていた。自分でも知らないうちに、自分に重要と思われる事件に絶えず立ちもどっていることには気づいていたが、しかし彼が心配していたのは、止むを得ないくりかえしではなく、同じ話が様々に異なる視点から語られる際のずれが生み出しかねない混乱であった。ファルマがそのことを理解したのは、それから数週間経ったある日、突然ドゥミトレスクの執務室へ再び連れて来られた時であった。

「私は、どうも君によかれと願ってやっているらしいね」とドゥミトレスクはのっけからこう切り出した。「自分でもなぜか分らんがね。なにしろ私はもの書きではない。私のまわりのこれほど大勢の人間が、君のことでやれ芸術家だ、やれ作家だなどと熱をあげているのとも無縁な人間だからね。たぶん君にも分っているのだろうが」とドゥミトレスクは苦笑しながらつけ加えた。「君の話はたくさんの人の手に渡って、老若を問わず有名な作家たちが大勢それを読んだばかりか、ひじょうに高い地位にある人たちまで目を通したのだからね」

「そんなこととは知りませんでした」とファルマは顔を赤らめて言った。「知りませんでした。そんな……」

「じゃ、これで知ったわけだ」とドゥミトレスクは彼を遮って言った。「しかし注意しておくが、私にとっては君の供述書の文学的価値なんてなんの意味も持たないのだからね。私に関心があるのは、もっぱら捜査の進行状況なんで、まさにそのことについて君に話しておきたいのだ。君が今までに書いた、何百ページにも及ぶ膨大な、あまりにも膨大すぎる供述からも、また君が口頭でしたあらゆる供述からも、リクサンドルとダルヴァリの関係はまだはっきりと理解できないんだ」

「二人は小学校で友だちでした……」

「私は君に小学校のことなどたずねていない」とドゥミトレスクがそれを遮った。「オアナやザンフィラや、その他の者たちとの二人の交友関係のことも問題にならん。私が言いたいのは、一九三〇年に、ダルヴァリが飛行機に乗ったままロシアで行方不明になった際の、二人の関係だ」

「その頃も二人は友人でした……」

「そのことが君の供述書からはっきり読みとれんのだよ。しかもそれがはっきりしないのは、君の供述があちこちで食い違っているからだ。少なくとも表面的にはそう見えるがね。そのうち君に供述書の抜粋を見せてあげよう、そうすれば君自身、自分がどんなに混乱しており、時には言うことが食い違っているか分るだろう。たぶんこんなことを君には言わない方がいいだろうが」とドゥミトレスクは、しばらく間をおいて言った。「しかし私は知らず知らずのうちに、君によかれと願っているようだな。私が疑問に思っているのは、君の供述に食い違いがあるのは、君が実際にあった事件を細かいところまで思い出せないせいか、あるいは君がなにかをかくそうとしているせいではないかということだ。もし君が本当になにかをかくそうとしているならば、私が君に言えることは、それがはかない望みにすぎんということだ。まだそんなはかない望みを抱いているのなら、君の老い先短い人生は哀れな末路になるだろうよ……」

二人ともしばらく沈黙していた。

「分りました」とファルマは無理に笑顔をつくりながら言った。「分りました、そしてあなたに心から感謝いたします。私はなんにもかくそうとはしていません。しかし、あなたの言わんとしていることは分ります。事が筋道を追って語られていない時には、時折混乱したように見えますし、まあ学校の先生らしい言い方をさせてもらえば、ある種の細部が全体と食い違うかのように見えることがあります。ですから私はこれから先できるだけ注意して、できるだけ明瞭に書くようにしましょう」

「それが君のためだね」とドゥミトレスクは、片手を差しのべて呼鈴を押しながら言った。「ああ、それから」と、彼はファルマに探るような視線を投げて言った。「おそらく、君がどこからも知るはずのないことをひとつだけ君に教えてやろう。ダルヴァリはロシアまで絶対に行きつかなかったということだ。そして、彼の乗って逃げた飛行機も二度と発見されなかった。ロシアの方でも私たちの方でも、長い間捜索が続けられたんだがね。それがなにを意味するか君にも分ると思うが……」

その日、ファルマはほとんどなにひとつ書かなかった。白紙を前にひろげ、両手で頭を抱えたままじっとしていた。それから急に意を決して、いくつかの日付を書きとめはじめた。一七〇〇年（アルギラ）、一八四〇年（セリム）、一九一五年一〇月（ヨジ）、一九二〇年秋（オアナの結婚式）、一九一九―

一九二五年　マリナ＝ダルヴァリ、一九三〇年……そこで急に書きやめると、ぼんやりその数字を眺めていたが、そのあげくにまた数字をひとつひとつ丁寧に、インクつぼにペンを幾度もひたしながら、消していった。

翌日から彼は再び書きはじめたが、今度は簡潔に、できるだけはっきりと、一九一四年から一九一五年にかけての出来事を、ヨジの行方不明にいたるまで書いていった。そしてそれ以来、毎日毎日、官庁の報告書のようにだんだん無味乾燥になっていく文体で、ラビの息子の失踪に先立つ一連の事件、それもすべて直接あるいは間接にムントゥリャサ通りと関係のある事件を書きつらねていった。

それから一週間ほどして、彼は再び夜中に看守に起された。

「さあ来て下さい、自動車が来ていますから。散歩に出かけて下さい」と微笑しながらつけ加えた。

真夜中近くになって邸宅に着き、アンカ・フォーゲルが煙草をふかしながら、一束の書類を置いた机を前に、横の小机には前のように二本のシャンパンを揃えて待っているのを見出した。

「今晩は、ファルマ!」と彼に向って言った。「腰を下ろして煙草に火をおつけなさい」

事務机越しにラッキー・ストライクの箱を彼の方へ差しだした。

「しばらく休んで、シャンパンを一杯飲んだらいいわ」とアンカ・フォーゲルは瓶を摑んで、二人のコップに注ぎながらつけ加えた。

「まことに有難うございます」とファルマは幾度もお辞儀しながら言った。

「しばらく休んでから私に話をしてもらいたいの。しかしいつものように、あなたの気分のおもむくままに行きあたりばったりにではなくて、筋道を立ててね。もし私の言いたいことが分って頂ければね。自分の知っていることの中で一番いいところを選びなさい。たとえば、今晩はオアナの結婚式でも選んだら？」

「もし私にお許し頂けるなら、私はザンフィラの話からはじめたいのですが……」

「でも、それは二百年にもわたる話だと言っていたわね」とアンカ・フォーゲルは微笑しながら遮った。

「私はできるだけそれを手短に話すことにします。ともかく今から二百年と少し前に起きたことを知らないでは、オアナの結婚式も、その後に起きたことも、理解できないでしょう」

アンカ・フォーゲルは再び微笑すると、肩をすくめて、自分のコップにシャンパンを注いだ。

「たぶんあなたはまだ憶えていらっしゃるでしょうが」とファルマは話しはじめた。「地主ヨルグ・カロンフィルの妻、世間の呼び方にしたがえばあの美女のアルギラは、視力がひどく弱かったのです。彼女は読書するのが好きで愛書家でしたが、自分の眼で読むことはできず、ただ指のあいだにはさんで、本を撫でさすり、その表題を読みとるために顔に近づけてみるだけで、そのあとは自分の付き添いのギリシア女に渡して、彼女に読ませるのでした。詩と小説とあらゆる種類の旅行記のほかにアルギラが好んでいたのは芝居でした。芝居には心底からの情熱を抱いていて、カロンフィルと結婚するとすぐに二つの大きな部屋の間の壁をとり壊して、その代りに柱をとりつけるように彼に頼んで、そこに芝居用の広間をつくったのです。しかし彼女自身は本当にそうしたかったのでしょうが、あまりにも近視眼だったので芝居の役を演じることはできませんでした。だから、自分の女友だちやその子供たちに、自分の趣味にあわせて作らせた衣装をまとわせ、舞台で演じさせるだけで満足していました。そして強い派手な色彩の衣装を考案するのが楽しみで、自分でビロードや絹物の生地を選んでいました。その選び方も、それが彼女の目にもよく見えるように、燃えるような真紅のビロードとか、雪のように真白な純絹とか、金紗の織物とか、緑色・青色・橙色などのトルコの絹織物などを選ぶのでした。そして役者たちが自分の衣装を身にまとうと、彼女はそのすぐそばに近よって手で触ってみるのですが、彼女がそうしていたのは、衣装が自分の指図した通りの型につくられているかどうかをたしかめるためでした。色なら、そばまで行かなくともよく見えたのですから。そして芝居がはじまると、彼女はその広間の舞台の真前に置かれた肘かけ椅子に腰を下ろして、せりふのやりとりに注意を払っていました。なぜなら、たいていの場合、台本をそらで憶えていましたから。

彼女の夫はすでにあなたにお話しましたように、医者やレンズの職人のために莫大な財産を費やしましたが、いろんな眼鏡を持ってきても、眼鏡をかけるとすぐ目から涙が出てとまらないものですから、それが全く役に立たないのです。でも、医者のうちだれひとりとして、アルギラの目がなぜどんな種類のレンズにも耐えられないのか、その理由をつきとめることができませんでした。ありとあらゆる種類の呪《まじな》い師や祈祷師がやってきて、次々といろんな呪《まじな》いや薬草も試してみましたが、どれもなんの役にも立ちませんでした。するとある日曜日の朝、ミサのあとで、アルギラの立っている見晴らし台によその村からやってきた若い娘が上ってきて、彼女に言いました。《私はザンフィラです。この水で顔を洗いなさい。そうすれば神様があなたに目の光を恵んでくれるでしょう……》そしてどんなに奇妙に思われようとも、事実その通りになったのです。アルギラがその水で顔を洗うと、普通の人が見えるのと同じくらいよく目が見えるようになりました。彼女はザンフィラを抱きしめ、彼女に贈物をし、そして毎日自分のいる見晴らし台へ呼びよせていました。それからまもなく、自分の父親の右腕だったムントゥリャサという男と結婚させ、彼女に家と土地をつけてやりましたが、その土地の上にあとでムントゥリャサ通りが作られたのです。しかしこれはまた別の話になりますから、また別の機会にあなたにお話することにしましょう……

今あなたにお話しようと思っていたのは」とファルマはもう一本煙草に火をつけてから言葉をつづけた。「ドラゴミールの従姉妹の彫刻家、本名をマリナというあの娘が、いま私があなたにお話した事件のすべてを幼い時に知ったということです。そして彼女にはこのザンフィラが一種の聖女であるように思われ、自分自身がザンフィラに似ている、いやたぶん、二百年後に地上にもどってきたあのザンフィラの生まれかわりであり、それも、アルギラに視力をもどしてやるためにではなく、人々に、どのようにものを見るか、そのすべを教えるためにもどってきたのだと思われたのです。なぜなら、マリナの考えでは人々はもうものを見るすべを知らない、まわりを見まわすすべを知らない、そしてすべての害毒や罪悪は、今日において人々がほとんど盲目であるところに由来すると思われたのです。そして人々の蒙を開くためには、彼らに芸術作品、そしてまず第一に彫刻の見方を教える以外にはないというのです。ですから彼女はオアナにすっかり夢中になって、彼女のデッサンをとるためにたえずトゥンスの酒場に来ては、たくさんのスケッチ帳をオアナのデッサンでいっぱいにしていたのです。オアナだけが女神のモデルとなるにふさわしいのだと言っていました」

「だめですね、ファルマ」とアンカ・フォーゲルは急に片手をふりあげて言った。「そんなことに全然私は関心がありません。あなたにはオアナの結婚式のことを話してくれるように頼んだはずです」

「すぐにそこまでいきます」とファルマは顔を紅潮させながら言った。「なぜなら、パセリヤでのオアナの結婚式には、マリナをふくめ、彼女とオアナの友人たちの全員が出ていたのですから」

「結婚式はいつあったの？」

「一九二〇年の秋です」

「そして、ザンフィラと自称していたマリナのことで、先ほど私に話してくれたことはみないつ起きたの？」

「その一年ほど前、一九一九年頃です」

「そう、じゃその話はやめて、結婚式の方へ話をもっていくのね」

ファルマはうなだれて、落ちつかない様子で膝をこすりはじめた。「もしお望みなら、そうします！ただその前に数秒だけ時間を頂いてひとつだけ申しあげておきたいことがあります。オアナが自分の父親の許しを得て、山の方へ向った時、マリナはやっとヴィーナスの誕生の彫刻にとりかかったばかりだったということです。ですからその年の夏、マリナはモデルを失ってしまったのです。彼女はすっかり落胆して、自分の家に若者たちを集めては毎夜みんなでどんちゃん騒ぎをしていました。言っておかねばなりませんが、その若者たちのうち、だれひとりとして、それまであんな華麗で豪壮な邸宅に入ったことはありませんでした」

「さっきの数秒間はもうとっくに過ぎたわね」とアンカ・フォーゲルは微笑しながら彼の言葉を遮った。

「申しわけありません。でも本当におかしなことですが、ある種の細かなことは、どうしてもなおざりにできないのです。一見したところとるに足らないように見えて、その実、もっとあとの方で生じることにとっては決定的なのですから。この古くて、豪壮な邸宅のことをあなたにお話しなければならないのも、そこにマリナの二人の伯母たちが住んでいたからです。この二人の老婆はもうとっくにもうろくしていたのですが、ただし人目には……」

「で、それが本筋になんのつながりがあるの?」と、アンカ・フォーゲルはある種の厳しさのこもった声で彼の話を遮った。

「つながりがあるのです。なぜならその老婆たちは、あの若者たちに、といってもお分りのように、その夏には、彼らのうち、だれひとり二〇歳にもなっていなかったのですが、その若者たちにたえずこう言いきかしていたのです。《マリナに決して惚れたりするんじゃありませんよ、彼女はドラゴミールの許嫁なんですからね。マリナはドラゴミールと結婚しなくちゃなりません、そうしないと私たちの血筋は絶えるのですから……》と」

ファルマは、その時鳴り出した電話の音にというよりも、むしろ話相手の女性の顔の上にみとめたはげしい変化にぎょっとなって、口をつぐんだ。アンカ・フォーゲルは彼を険しい目でにらみつけると、やっと火をつけたばかりの煙草をいらだたしげにもみつぶした。それから受話器をとりあげると無理に作り笑いを浮かべて耳にあてた。ファルマは自分の身内に恐怖がしみこんでくるのを感じて、本棚の方へあわてて目をそらした。「分りました」という彼女の囁き声が聞こえた。それからしばらく間をおいて、いくつかの文句をロシア語で早口にしゃべると、受話器を台にもどした。

「ファルマ」と彼女はまるで別人のような声で言った。「あなたは運のいい人ね」

彼女は自分のコップにシャンパンを注ぐとそれを一息に飲みほして、新しい煙草に火をつけた。

「でも、ほかの人にも幸運をもたらす人かどうかは分らないわね。それはもっと先で分るでしょうけれど」と彼女は空ろな目つきで微笑しながら言った。「どちらにしても、あなたが思っていたより奇怪なことになるかもしれないわね。あなたがこのオアナやザンフィラの話を捏造しはじめた時に考えていたよりはね」

「私は誓って申しあげますが」とファルマは顔を蒼白にして囁き声で言った。

「お願いだから口出ししないで。あなたがこの間にずっと書いたり、話したりし続けているこの冒険談が、はじめから終りまですべてあなたの創造したものなのかどうか、それは私にはどうでもいいことよ。でも、ちょっとした心理学的な問題がここにあるわね。そして私はそれがどういうふうに解かれるか知りたいものだわ。ここで出てくる問題というのは、なぜあなたがこの話を語るにつれて、次々と新しい話を作り出していくのかということね。こうすればもっと簡単に逃れられるだろうと思って、もっぱら恐怖のせいでそうしているのかしら？　でもそうだとすれば、分らないのは、あなたがなにを恐がっているのかということ、あなたが逃れたいというその危険がなにか、ということ……」

ファルマはさらにいっそう青ざめた。そして思わず自分の膝をさすっていた。しかしアンカ・フォーゲルが返事を期待して物問いたげな顔で、彼の顔をしばらくじっと見つめていたにもかかわらず、彼にはそれ以上言葉を発する勇気がなかった。

「どちらにしても」と彼女は自分のコップを再びいっぱいにしてから話をつづけた。「あなたは運のいい男ね。今晩私があなたのためにどんな不意打ちを用意していたか、思っても見なかったでしょう。夢にも考えなかったでしょう」と彼女は再び微笑するだけの余裕をとりもどしながらつけ加えた。「私は外に車を一台待たせておきました。そしてあなたの言葉によれば神様がこの地上に降りてこられる夜中の三時以後にドライブしようと計画していたのよ。二人でムントゥリャサ通りをドライブしようとね。私にもあなたが校長をしていた学校や、酒場や、深い地下室のある建物などを見せてもらいたいと思ってね……」

「ムントゥリャサ通りを夏にご覧になるといいですよ！」とファルマは異常な熱を帯びた声で急にしゃべり出した。「桜んぼやあんずがたわわに実っている頃のあの通りを……」

相手の女性は再び彼を深い眼差で見つめて、それから思案顔でシャンパンをすすりはじめた。

「しかしさっきも言ったように、あなたは運のいい男ね。私はあなたの話がすべて作り話か、またどの程度作り話なのか、もう決して知ることはないわ。なぜなら、もうムントゥリャサ通りは通行禁止になったんですから……」

そこで言葉を切り、ファルマがびっくりして立ち上るのを見て笑い出した。

「もっと正確に言えば」と彼女は言葉をつづけた。「今晩、通れないということ、あるいは少なくとも私たちにたいして通行禁止ということね。私たち二人に。だからね、事態はあなたの話から考えられるよりはもっとずっと込みいっているの……」

この終りの言葉を発しながら彼女は呼鈴を押したが、次の瞬間にはもう私服が入ってきた。

「この男に煙草をやって、急いで車に乗せてやりなさい」と言った。

彼女はだしぬけに事務机の向うから立ち上ると、急ぎ足でその広間の反対側の隅、カーテンの間からバルコニーが見えている方へ向って行った。やっとのことで身体の震えをなんとか押えようとしながら、ファルマは深くお辞儀した。私服の腕が彼の身体に触れるのを感じ、さからいもせず相手に連行されるままに身をゆだねた。しかし中庭まで連れて行かれて、長い外套を身にまとった男たちの群れが自分を待ちうけているのを目にし、しかもその中に一人も知った顔がいないのを見ると、思わず足から力が脱けていくのを感じた。もし私服が横から彼の身体を支えていなかったら、その場に崩れ落ちたかもしれなかった。

「ほかになにか言ったかね?」と男たちの一人で、外套のポケットに両手をつっこんでいたのがたずねた。

「この男に煙草をやれと言ったがね」

IX

気がついた時には、うすぼんやりと、奇妙なぐあいに明かりのついた部屋の中で、椅子の上に坐っていた。そんな照明のせいで、彼の目には自分の前の机と、その机の向うで彼を好奇心をもって、しかもそれなのに全くの無関心をよそおって見守っている二人の見知らぬ男しか見えなかった。

「どうぞお赦し下さい」とファルマは、まごついて自分のまわりに視線をめぐらしてから言った。「私は大変疲れていたもので。どんなにしてここまでやってきたのかあまりよく分りません。名誉なことに、同志アンカ・フォーゲル大臣に招待されていましたので」

「ほかならぬそのことで君にいくつか質問したいと思っているのだ」と、二人の男のうちの一方が彼を遮って言った。

その男は、薄い髪を頭のてっぺんできれいに撫でつけており、灰色の眼鏡をかけて厚い書類の上で両手をしっかり組みあわせていた。

「まず第一に」と彼は一語一語をゆっくりと強く発音しながら、つづけて言った。「同志フォーゲルが君にエコノームのことについてなにかしゃべったかどうか、私たちは知りたいのだ」

「内務省の次官殿のことですか?」とファルマはたずねた。

「彼はもう内務省次官ではない。私たちが知りたいのは、同志フォーゲルが、ヴァシレ・エコノームについて、君になにかしゃべったかどうかということだ。よく思い出してみるんだね」と、彼はファルマが強く頭を横に振ったのを見てつけ加えた。「それは大変大事なことで、君の立場をひじょうに有利にするんだ」

その瞬間に、もう一方の男は彼に煙草の箱とライターを差しだした。虫歯の多い、黄ばんだ歯の持主でどことなく悲しげな作り笑いを浮かべているので、その歯がよくむき出しになるのだった。ファルマは煙草を一本とって、自分の手の震えを押えようと努めながら大急ぎで火をつけた。

「あなた方に断言いたしますが、同志フォーゲル大臣と交しました会話におきまして、一度も、ただの一度も、あの方がエコノーム閣下の名前を口にするのを聞いたことはありません」

「しかし君は、当時内務次官だったヴァシレ・エコノームと長い話し合いをした後で同志フォーゲルのところへ呼ばれたんだね」

「長い間話しあったとは言えないでしょうが」ファルマは煙草を深く吸いこんでから言った。「実際のところ、エコノーム閣下は二言、三言より以上話をされる時間はなかったと思います。私をお呼びになったのはオボールのある酒場の娘であるオアナについて、私があの方にあれこれお話するためでした。私はあの方にお話して、エコノーム閣下は私の話を聴いておられました」

「私たちが知りたいのもそのことだ」と、灰色の眼鏡をかけた方がもう一度彼の言葉を遮った。「君がエコノームにオアナについてあることを話したあとで、同志フォゲールはなぜもう一度その話を聞こうとして君を自分のところへ呼んだのか？　それとも」と、彼の目をじっと見つめ、しばらく間をおいてからつけ加えた。「エコノームは、オアナに関してそれ以外のこと、すなわち同志フォーゲルが直接関心を持つかも知れないことについても、君から聞き出せるはずだと仄めかしはしなかったかね？」

ファルマは目を伏せた。

「なにを聞き出せるというのでしょう？　こんな古臭い話のどこが同志フォーゲル大臣に関心があるのでしょう？　ましてや大臣閣下は、この話そのものを私が勝手にこしらえ上げたんじゃないかと疑ってさえおられたのですから……」

「同志フォーゲルがその話を信じていなかった、とどうして分るんだね？」

「あの方自身が、今晩、いやもうそうではありません、昨晩、要するに私が一番最後にあの方のところへ呼ばれた時にあの方自身がそう言われたのです……」

「しかし、いつ君にそれを信じていないと告げたのか？　彼女のところに電話がかかってくるより前か、それとも電話のあったあとかね？」

ファルマは青ざめて、どぎまぎしながら煙草を灰皿に押しつけた。

「そのあとです」と囁き声で言った。「電話で話しあってからです」

二人の男はお互いに微笑もせずに目と目を見かわしていた。

「そのあとだ、ということははっきりしている。しかしそれまでは君の話の真実を疑うような気配はひとつも見せなかった。そして私たちは、ほかでもなく次のことを知りたいのだ。エコノームはオアナの話を知ったあとで、なぜ、この話に関連したある種のこと、あるいはあるひとつのことが、同志フォーゲルに直接関係があるかもしれないと考えたのか？　あるいはもっと具体的に言うならば、次のことを君に思い出してもらいたい、君がエコノームにオアナの身の上を話した時に、パセリヤ修道院での彼女の結婚式のことも話したかどうかということだ。換言すれば、オアナの夢を、彼女があの時パセリヤ修道院で話したあの夢を、君があの男に話したかどうかということだ」

ファルマは両手で頭を抱えこんで、しばらくじっとしていた。

「私の憶えている限りでは」と彼は低い声でしゃべり出した。「エコノーム閣下には、オアナの娘時代とドクトルとの出会いの話しかする暇はなかったと思います。自分のほかの友人たちといっしょに、ドクトルに連れられてムンテニア地方の町々を旅した頃までのことしか」

「ということは」灰色の眼鏡をかけた男は書類をひっくりかえしながら遮って言った。「一九一六年のことだな」

「その通りです。ルーマニアが参戦する前の一九一六年の夏のことです」

「じゃ、私たちには関心のないことだ。それをつっついてもはじまらない。しかしオアナの結婚式に話をもどすとしよう。同志フォーゲルがオアナの結婚式の話を君から聴いていた間に、彼女の示した反応を私たちに話してくれるかね？」

ファルマは微笑した。

「私があなた方にお話しできることは、せいぜい」と彼は愉快そうにつづけた。「残念ながら、私は同志大臣にあの途方もない結婚式の話をするにいたらなかったということくらいです。彼女が私に早くその話をしてくれと幾度も求められ、それもかなり執拗に求められたにもかかわらずです。そしてそんな結果になったのは、別に私があの方にオアナの結婚式の話をしたくなかったからではありません。しかし私が何回もくりかえし申しあげたように、それも同志フォーゲル大臣にだけでなく他の人にも申しあげたように、オアナの結婚式が彼女自身にとって、そして彼女の友人たち全部にとってどんな意味を持っていたかを理解するには、あらかじめ、一方では二百年前からこの方起きたことのすべてと、他方では二百年昔よりも、さらに一昔前に生じたことのすべてを知っておかねばならないのです」

「もっと分りやすく言ってもらいたいね」灰色の眼鏡をかけた方が書類の束を注意深くめくりながら言った。

もう一方の男は、再び煙草の箱を彼に差しだして微笑した。

「私はセリムの話と、そして」ファルマは自分の煙草に火をつけてから言った。「地主のカロンフィルの話について言っているのです」

「君はそのことについて幾度も書いているが、二つの話の間のつながりが分らないね。君が書いているのは、要約すると次のようなことになる。一八三五年頃、シリストラの総督の息子セリムは一四、五歳のある少年の生命を救う。二人の少年は兄弟のように親しくなる。セリムはまだ年若い時に、ひとりのトルコ女とそしてすっかりトルコ風になったあるギリシア女と結婚する。しかし彼はまもなく自分の親友がどちらの妻とも通じて、彼を騙していたことを発見し彼を呪咀する。その友人は名前をトゥンスと変え、はじめはアルデアル（ハンガリーに近い地方、別名トランシルヴァニア）に、ついでムンテニアへ逃亡する。これは一八四八年頃に起きたことだ。トゥンスは女が好きでまた女にもよくもてたが、結婚だけは恐れていた。こうした生活を一八七〇年頃まで送っていたが、この年には彼は五〇歳になった。そしてこの時に三人の子持ちの未亡人と結婚した……これと、オアナの結婚式とのあいだになんのつながりも認められないがね」と男は読み終ってからつけたした。

「ところがやはり、つながりはあるのです。おそらく私が十分に明瞭に書かなかったのかもしれません。しかしよろしいですか、セリムの呪いはこうでした。彼が生命を救ってやった最大の親友が彼を裏切ったのだから、その男の一族は子孫代々妻に逃げられ、その娘たちは獣と交わるがいい、と呪ったのです。そしてその通りになったのです。トゥンスは五〇歳の時に結婚しました。しかし彼らの一人息子のファニカが生まれた後に、彼の妻は下男のひとりと駈け落ちしました。それ以来トゥンスはパセリヤ修道院の近くの森の中でひとりぼっちで暮らしました。彼の息子のファニカ・トゥンスは、オボールの市《いち》の酒場の主人になり、結婚してオアナが生まれます。しかし彼の妻も逃げてしまいます。人々の話では、オアナがどんどん恐ろしいほどに大きくなるのを見、また自分の夫からセリムの呪いを知らされてから、夫を捨て家出したそうです。一方かわいそうにオアナは、おとなしくて、よこしまな心はこれっぽっちもないのに、この娘にも呪いが及んだのです。と言いますのも、いや、まあいいでしょう、おそらくあなた方もその話はご存知なのですから……」

「知っている。そしてまさにこの作り話に関して、というのもこれは十中八九、山に住む人々かあるいはおそらくその女房たちがこしらえあげた作り話のはずだから、この話に関して同志フォーゲルの反応を私たちに教えてもらいたいのだ。彼女はなんと言った？　どんな批評をした？　君はまだ憶えているかね？」

「その話を聴きながら、幾度も《大変な女ね！》と叫びました」

二人の男はいくらか疲れた様子で、表情の乏しい目を再び見かわした。

「では今度は、やはりこれもオアナの結婚式に関係があるが、別の問題に移ることにしよう。しかし一七〇〇年頃にはじまるもうひとつの話、カロンフィルの話も同じくらい重要だと言っていたね。しかし君の書いたものからも、また口頭で供述したすべてのことからも、そのことははっきりしないね」

再び書類の束を開いて、タイプで打った一枚をとり出すと、それにいそいでざっと目を通してから、きわめてゆっくりと話しはじめた。

「カロンフィルに関連した話を要約するのは難しかったよ。君の話がしょっちゅうアルギラからザンフィラ、一八世紀のはじめ頃にアルギラに視力をとりもどさせたあの娘へとんだり、自分の本当の名はマリナなのに、ザンフィラと自称していたあの女彫刻家、もし今日生きているとすれば、君の話によると、あるいは六〇歳、あるいはそれより一〇歳から一五歳若く、あるいはまたそれよりずっと年上かもしれないというその女へとんだりするのでね。それというのも」と、相手はタイプで打ってある書類から目をあげて、皮肉の色をかくそうともせず彼を見つめながらつけ加えた。「今生きている、あるいは過去の世紀の他の人物たちに関したデータは、その大部分が正確なのに反して、君の供述書では、マリナの年齢にはほとんどあきれるくらいの食い違いが見られるのだ」

「その通りですね」とファルマは考え深げに言った。「私にとって、この女性マリナは、今日にいたるまでずっと謎に包まれたままなのです」

「その謎にもあとで話をもどすとしよう。そしておそらくその謎を解いてみようじゃないか。私がさっき言ったように、このカロンフィル一族に関するひとつづきの話を要約するのが難しかったのは、君の話がたえずある世紀から別の世紀へととぶからだ。君の話はムントゥリャサについてはほんの行きずりに触れるだけで、カロンフィルとアルギラからいきなりドラゴミールとその従姉妹のマリナへとどんでいるのだから……」

自分でも思わずしらず、ファルマは神経質に膝をこすっていた。

「君が述べたことのすべて、そして君が幾度もくりかえし話したことのすべては、アルギラがザンフィラを屋敷の奉公人であったムントゥリャサに嫁がせて、彼らに土地を与え、その土地に後年同じ名前の通りがつくられたということにつきる。ほかでもなく、この家族、地主のカロンフィルの家族やドラゴミール・カロンフィレスクの家族よりもずっと君自身の時代に近いこの家族について、君の憶い出せることがそれほどわずかだということがあり得るのかね？」

「私はこのムントゥリャサの家族についてはあまり詳しい話を聞いたことがなかったもので」ファルマは目を伏せながら言い訳するように言った。「お分りでしょうか、私にとって大事だったのは、学校とそれから学校のまわりにあったもの、家や庭や屋外レストランなどで……」

二人の男はなにも言わず目を見かわした。虫歯の多い黄色い歯をした男はなにか悲しそうな微笑を浮かべ、肩をすくめると、再び事務机越しにファルマの方へ煙草の箱を差しだした。

「それじゃ、この問題は当分おあずけにしておこう」と、もう一人がタイプに打ったページに上の空で目を走らせながら再び口を切った。「それではオアナの結婚式に話をもどそう……しかしその前に、やはりムントゥリャサと関連してひとつだけ君にたずねておきたいことがある。君が最後に同志フォーゲルに会った際に、彼女が君にムントゥリャサのことについてなにか言ったかね？　それともムントゥリャサ通りについて？」と、しばらく短い間をおいてつけ足した。

ファルマは夢みるように微笑した。

「それについては私に話されただけではなく」と彼は、つい自慢するような口調になるのを辛うじて抑えながら言った。「私に不意打ちを用意してさえおられたのです。それはなにかというと、午前三時以後に、あの方自身もムントゥリャサ通りの魅力を発見されんがために、私と自動車であの通りをドライブしようという話で……もちろん、私はいま冬になったばかりのこの季節では、あまり見るに値いするものはありませんと申しあげました。私は、あんずが花をつける頃かあるいは桜んぼが実り、あんずの実が紅くなる頃に、あの通りを見にいらっしゃるようおすすめしました」

二人の男は、ほとんど興奮状態で強い関心を見せながら、お互いの顔をまじまじと見つめていた。

「で、それにもかかわらず君たちはドライブしなかったね」と、灰色の眼鏡をかけた方がだいぶ経って言った。「それではなぜだね？　彼女はそれにたいしてどんな説明をしたのだ？」

「私には、その夜私たちはムントゥリャサ通りをドライブできないのだ、と言いました。少なくとも、私たち二人はドライブできないのだと……」

「もちろん、それは彼女に電話がかかってきたのちに君にそう言ったのだな。それ以外になんにもつけ加えなかったのか？」

「いいえ、ほかになんにもおっしゃいませんでした」

「よろしい、それではオアナの結婚式に話をもどすとしよう。とくに私たちに関心のあることが二つある。その時にオアナが語った夢と、それからマリナの奇妙な行動だ。君の三つのひきつづいての供述には――その間には数カ月ずつの間隔があるだけだが――、かなりの食い違いが見られる。まずオアナの夢からはじめよう。その夢を」と、タイプに打ったページから目をあげて、ファルマを意味ありげに見つめながらつけ加えた。「ヴァシレ・エコノームにも、同志フォーゲルにも話さなかったと、君は先ほど述べたね。この夢を検討する前に、私たちにもう一度その夢を、できるだけ正確にそして君が思い出せる限り詳しく話してもらいたい。というのも私たちにとって、第一に重要なのは細かい点なのだから」

ファルマは溜息をつき、疲れた様子で両手を膝の上に重ねた。

「夢だけをですか？」彼は囁き声でたずねた。「それより前に起きたこともいっしょにではないのですね？」

「夢だけだ。それより前にあったことはあまり私たちに関心がないことだ」

ファルマはなにかを思い出そうとするかのように、しばらく視線を宙にさまよわせていた。

「それはこんなふうに起きたのです」と彼は急に話しはじめた。「その夜、すなわち結婚式の前の土曜日の夜に、オアナはこの夢を見て、それを日曜日の晩の結婚式の祝宴で私たちに話したのです。私たちはみんなテーブルを囲んで腰を下ろし、彼女の右側には花聟のエストニア人の教授が、彼女の左側には父親が坐っていました。すると突然、オアナがリクサンドルに向って大きな声で語りかけました。《リクサンドル、私の話をきいてちょうだい。よく聴いて私の夢の謎解きをしてちょうだい。その夢とはね》とオアナは話しはじめました。《私がドナウ川で泳いでいたの。それもずっと上流の方で泳いでいて、そのうちどれほど時間が経ったか分らないけれども、源に、ドナウ川の水源にまで来ていたの。そしていつのまにか私は水底から地中へもぐって行き、果てもなく深い洞窟へ入りこんでいたの。その洞窟の壁は宝石でできていて、何千というろうそくで照らされ、まぶしいほど光り輝いていたわ。

するとそこで私のすぐそばにいた一人の神父様が囁き声で言ったの。〝復活祭だよ。だからあんなにたくさんのろうそくをともしたのだ〟と。でも私にはその時どこか見えないところから、別の声がこう言うのが聞こえたの。〝ここには復活祭などない。この土地では私たちはまだ旧約聖書の世界にいるのだから！〟そこで私は、そのたくさんのろうそくや光、その宝石などを眺めて、深い喜びを感じたの。そして心のうちでこう思ったの。〝私もとうとう旧約聖書がどんなに神聖なものであるか、旧約聖書の時代に生きていた人々を神様がどんなに愛していたかを理解できる幸せを得たんだわ〟って。そして、そこで私は目がさめたの……》これが、オアナが私たちに話してくれた夢でした」

「その先を話してくれ」ともう一人が、ファルマが口をつぐんだのを見てうながした。「それからつづいて起きたことも同じように重要なんだから」

「それから先」とファルマはもの思いに沈んだ調子でくりかえした。「その夜にはまだまだ多くのことが起きました」

「私たちは、リクサンドル、ダルヴァリ、そしてマリナの反応を、もっとも細かな点にいたるまで知ることに関心があるのだ」

「私もそこから話をはじめようと思っていました」ファルマは言葉をついだ。「私はリクサンドルのそばに坐っていました。そして、彼の顔が青白いのと、それから興奮しているのに驚かされました。まるで火傷でもしたように自分の席からとびあがると、オアナのところへとんで行って、彼女の片手を握りしめて叫びました。《君にもあのしるしが示されたんだな！　君にも夢の中で示されたんだ。それこそ僕もずっと前に一度見たことのある水底の洞窟なんだ。そしてヨジは今でもそこに住んでいるんだ。もし君が夢からさめさえしなかったら、ヨジに会えたのに！　そしてたぶん、私たちのために君が何かことづてしてくれたかもしれないのに、僕たちがもう一度あの入口を見つけ出せるように……》

それから、あんなに大勢の人がまわりにいる結婚式の席で、こんなことを洗いざらいしゃべるのではなかったと気づいたのか、リクサンドルは急にうろたえて、失礼したと詫びを言ってから私の横の自分の席にもどりました。けれども、彼の言葉に魅せられたように聴き入っていたマリナから二度と逃れられなくなりました。彼女はテーブルの向うの端から彼に声をかけて、そのしるしを説明してくれと言いました。そしてリクサンドルが幸せそうに微笑するだけで黙っているのを見てとると、マリナは彼のそばに来て彼の腰に手をまわし、その夜じゅう自分のそばから離さなかったのです。ダルヴァリが死ぬほどやきもきしているのを目にしながらです。そしてその夜、ダルヴァリとリクサンドルとのあいだの友情は断たれたと思いこんだ者は多かったのです。けれどもそれは本当ではありませんでした……」

「なぜそれが本当ではなかったのか、君の説明はもっと後で聞かせてもらうことにしよう」　灰色の眼鏡をかけた男は彼の言葉を遮って言った。「君自身の供述書からはまさにその反対の結論が出てくるがね」　「当面、次のことを強調しておきたい。この私たちの書類の中にある三つの供述と、それから先ほど君が述べたすべてのことから、次のような本質的な点が明らかになってくる。第一にまるで宝石を壁にちりばめたようなこうこうと照らされた洞窟、第二に旧約聖書への言及、第三にその夢がパセリヤ修道院で語られたという事実だ。さて、私たちが知っていることをあれこれ考えあわせ、またその後に起きたことのすべてを考慮にいれるならば、この夢の話がエコノームに知られていないはずは絶対にあり得ない。エコノームがこの夢を直ちに同志フォーゲルに伝えて、君にその話をもう一度させるために、彼女が君を呼びよせるようにすすめたはずだ。その機会にまたほかの細かな点も聞き出せるかもしれない、というのでね」

「でもやはり、私はその夢をあの方には話しませんでした」とファルマは囁き声で言った。

「それはこれから調べてみなければならん。いずれにしても、夢の内容は君の供述をタイプに打った報告書から、エコノームには十分わかっていた。その報告書が彼の事務机の中で見つかったのだから」

「私にはそのつながりが理解できません」　ファルマは二人の男を順に見くらべながら言った。

「そこだ、それこそが信じ難いと思われるのだ」と黄色い歯をした男が、彼にまた煙草を一本すすめてから急に口を出した。「とても信じ難いとさえいえるね。そうでないとすると、君の話の中のヨジの失踪をはじめ、そのほかの謎にも匹敵するほどの途方もないひとつづきの偶然の一致を想定しなければならないだろうからね」

「なんのことをお話しになっているのか、あまりよく分りませんが……」

「もし君のそういう言葉が本当なら、君はまだずいぶん疲れていることになるね。なにしろ、これはたなごころを指すように明白なことだ。実際に、もしエコノームと同志フォーゲルがこの夢を知っていたとすれば、パセリヤの森に一九三九年の秋、ポーランドの国庫金の一部が埋められたことを知っていた少数の人間の一人であり、そしてなによりもあの森の中に、まだかなりの量の黄金や宝石が発見されないままになっていることを知っていた唯一の人間だったエコノームがなぜ、この宝物をある夜、カロンフィレスク通りの彼の家、この春に強制収用した家にひそかに運びこもうとしたかの説明がつくのだ。それにつけ加えて言えば、この家とエコノームのことを早くから君が知らなかったはずはない。なぜなら、君自身が幾度もくりかえし述べているように、そして並行して行なわれた取り調べで多くの証人たちによっても確認されたように、君はムントゥリャサ通りを端から端まで、毎日、いいか毎日、散歩するのを習慣にしており、どこかの家で引越しがあるたびに、あらゆる手だてをつくして、誰が引越してきたかを知ろうとしていたからだ」

ファルマは怯えきって、両手を膝の上にじっとおき、話し手の疲れた、ものうげな微笑を浮かべた顔にひたと視線を釘づけにしたまま、話に聴きいっていた。

「そういうふうに考える以外に、いまから数週間前に、自分の地下室に水があふれ出したという口実で、しかもその口実は君の供述書からヒントを得たわけだが、エコノームが彼に忠義を誓った何人かの労働者たちを連れてきて、地下室の奥にパセリヤの黄金と宝石をしまっておくための隠し場所を掘って作ったこととの説明はつかないのだ。彼の意図が本当はなんであったのか私たちには正確なところは摑めていない。しかし自分がついていたポストを利用して、ポーランドの国庫金の残りを着服し、国外へ送り出そうとしていたことは十分に考えられる。おそらく同志フォーゲルをも自分の計画に加担させようと望んでいたのだろう。だから君からオアナの話を聞くために、そしてまず第一に旧約聖書の至福の情景がとくに強烈な色で現われるあのオアナの夢の話を聞くために、君を呼びよせるよう彼女にすすめたのだ。どの程度にまで同志フォーゲルがこの計画に心を唆られたのか私は知らない。にもかかわらずパセリヤ修道院の宝物が、カロンフィレスク通りへ、すなわちムントゥリャサ通りから目と鼻の先にある場所へ運びこまれることになっていたまさにその夜の午前三時以後に、君たちがいっしょにドライブする予定だった、というのは驚くべきことだ。さらにそれに劣らず驚くべきことは、自分の計画が発覚したことを偶然に知ったエコノームが、午前一時二五分に自分の事務室で自殺し、それから数分も経たないうちに同志フォーゲルはある外国の関係筋に電話で呼び出されて、ムントゥリャサ通りの一部が遮断されて、特別の任務を帯びた官憲によって捜査されるであろうということを知らされ、そしてその結果、予定していたドライブをとりやめ、そしてまさにその瞬間から君の話の信憑性を疑いはじめたということだ。すべてこういった一連の出来事がお互いになんのつながりもないと、私たちに信じろといっても なかなかそうはいかん。反対に、君は疲労のせいで、君がエコノームおよび同志フォーゲルと交した会話を細かな点にいたるまで正確に思い出せないのだ、と私は思う。君にたいする心証はずっとよくなるはずだ、もし君が明瞭な、確固とした供述によって、エコノームと同志フォーゲルの間のつながりを私たちに確認してくれたらね。そのつながりを、彼らのそれぞれがオアナの結婚式に関する君の話を聴いていたあいだに君はもちろん摑んだはずなんだから」

ファルマは、相手の顔をじっと、怯えた、そして同時に訴えかけるような目で見つめた。それはまるで、相手にもっと話をつづけてくれと懇願しているかのようであった。

「なんとこんなことがみな」と彼はしばらくしてから囁くように言った。「こんなことがつい先ほど、数時間前に起きたんですね……」

「いやそうじゃない」灰色の眼鏡をかけた方がそれを遮って言った。「君はひじょうに疲労していたし、まだ疲労している。だからまだ記憶がもどってこないのだ。これはみな、いまから三日前に起きたことだ。しかし君がここへ連れてこられた時には、ひじょうに疲労し、全身的な衰弱状態だったので、医者が君に注射をし、それ以来君は眠りつづけていたのだ」

「しかしその点ではなんにも心配する必要はない」ともう一人が微笑しながらつけ加えた。「そのあいだずっと君は人工栄養の補給をうけていたのだ。もしその調子であと一週間も手当をうけていたら、君は少なくとも二キロ体重が増えたはずだ……」

X

「いいかね」と、ファルマの耳にもう一人の男の声がだしぬけに聞こえてきた。「一方では、君は何事かを隠しなんらかの秘密を守ろうとしている。が、他方では君の記憶力が、だれの場合でもそうだが君を裏切るのだ。すなわち、一番大事な細部が消えてしまって、そのかわりにとるに足らない些細な情景が写真のような正確さで刻みつけられるものなのだ。こういう前提からわれわれが出発する場合にのみ、すべてのことがはっきりしてくるし、お互いのつながりが明らかになり、全体として一つにまとまり、そして一つの意味を持つにいたるのだ。したがって、君が秘密にしておこうとしていた行為や人物や考えを解明できるようになるための暗号を見出すには、こういったとるに足らない情景を必要な厳密さでもって検討しさえすれば十分だった。この厳密な検討は実際になされた。そして私たちの得た結論のうちいくつかを君に伝えておこう。

これから後に解明しなければならない動機から、ダルヴァリ、リクサンドル、そしてマリナ三人のあいだの真の関係、もし私たちがその関係を知ることができたら、ダルヴァリにロシアへ逃亡することを決心させた動機を理解することができると思われるのだが、この関係を君はなんとしてでもはっきりさせまいと努めている。私はすぐあとでこの問題点に立ちもどるつもりだが、これを問題点第一項と名づけておこう。私たちの得た第二の結論は次のようなことだ。これもまた今後われわれが解明しなければならないある動機から、君は、リクサンドルがロシアへのダルヴァリの逃亡の後まもなく一九三一年から三二年頃に、行方をくらまそうと決心した事実、それもヨジやダルヴァリのようにではなく自己流のやり方で、ということは、自分の正体を変えてしまう、すなわち、名前、職業、そしておそらくは顔つきまでも変えることによって姿を消そうと決心した事実を、あくまで隠し通そうとしているということだ。そして本当に、リクサンドルは一九三二年以後には、それまでにこの名前で知られていた場所、貯金局、ルーマニア・アカデミー付属図書館、チェス協会などのどこにも姿をみせていない。もちろん以前に出入りしていた食堂や屋外レストランから姿を消したことは言うまでもなく、そこでもだれひとりリクサンドルの姿を一九三五年以後に見かけた記憶がない。その一方では、われわれは、リクサンドルが死んではいないし、また最終的に国を去ったこともないという証拠を握っている。一九三二年に外国へ去って、あとで別の名前で帰国したということも考えられないではない。わが領土内のどの地においても、また国外のどの領事館においても、まだゲオルゲ・P・リクサンドルという名前を持つ人物の死亡の届出がなされた記録がないというのは事実だ。いやそれ以上に、君の供述から一九三三年以後にも君が彼にたまたま出会っていることが明らかになっている。もっとも、君は彼がどのような様子をしていたか、君たちがなにを話しあったか、どれくらいいっしょにいたのか、数分だけか、数時間、いやまる一日いっしょにいたのか等々についてはなにも述べていない。君も、それ以後には彼に会っていないということは、今年の夏に、君が自分のかつての教え子であると思いこんだボルザに、リクサンドルのことをなにか知ってはいないかと必死になってたずねようとした事実から明らかだ。しかしもちろん、これが単なる偽装だった場合も十分あり得る。換言すれば、他の人間もリクサンドルについて君自身が知っていいたと同じように、なにかを知ってはいまいかと思って、それをたしかめようと望んでいたのかもしれない、ということだ……問題点第二項の提起には、あまり納得がいかないようだね」と、しばらく間をおいて微笑しながらつけ加えた。

「私にはまったく分りません」とファルマは囁くように言った。「どうか信じて下さい、私はまるで夢でもみているような気分です。私はひじょうによく憶えていて、すべてを理解しているかと思うと、すぐその次はまるで真空状態で、それから先は全く分らなくなるのです」

「君はとても疲労していたのだ」と相手が言葉をひきとって言った。「しかしいま君のうけている特別な手当が、近いうちに効力を発揮するだろう。まず問題点第一項から話をはじめよう。その鍵は、オアナの結婚式に関する様々の供述を分析することによって得られるのだ。その日の明け方にドクトルが行なった、あの途方もない集団的暗示の大芝居、奇術というのか魔術というのか、そのほかなんというのか知らないが、それに関してのいろんな説には触れないことにする。またそれから二〇年昔にさかのぼるドクトルと森番との最初の出会い、地主カロンフィルの体験やヨジの神隠しやそのほか似たような事件と全く同じほどとてつもない珍事に関してのいろんな説にも触れないことにする。そういったことに触れないのは、それがつまらないことでわれわれにとってなんの重要性もないからだ。そこで、いよいよダルヴァリ、リクサンドル、マリナの関係に話をすすめるとしよう。君は、その結婚式の夜多くの人々が思いこんだように、リクサンドルとダルヴァリのあいだの友情が損われたということはない、と言った。しかしそれにもかかわらず」と彼は書類挟みをくりながら言葉をついだ。「以前の供述書において君は、その夜マリナがダルヴァリにこう言ったと述べている。いいか読むぞ。――《あなたは飛行士になってはいけないわ、二度と帰ってこないから！》しかしダルヴァリは他の二人をじっと見つめて答えた。《僕は死なんか恐くない》《あなたに死のことなんか話してはいないわ》とマリナはつけ加えて言った。《あなたが二度と帰ってこない、と言っているのよ》そこで二人の青年はどっと笑いだした。《リクサンドルの矢のようにだな》とダルヴァリが彼を見つめながら言った。しかしリクサンドルは急に真面目な顔にかえって、話を変えようとした。《今日はオアナの結婚式だ》と彼は叫んだ。《今日、運命で定められたことはみな事実となった。だからこれ以上ほかの謎や予言で神を誘惑するのはあまりにも罪深いことになるぞ！》けれどもダルヴァリはそれほど簡単に言いまかされなかった。《たぶんマリナもなにか知っているんだ。彼女も、自分なりにあのしるしを知っているんだ。〝僕が二度と帰ってこない〟とはなにを意味するか、どうして彼女に話させないのだ？》――

　というわけで、君が三、四日前に述べたことと八月二〇日に書いたこととのあいだには、食い違いがあることが分るだろう。一方ではリクサンドルとダルヴァリとマリナはいっしょにかなりいろんなことを、しかも重要なことを話しあっている。他方では八月二〇日に書かれた供述書からは、この二人の友人のあいだで緊張した関係が深まっていたことが明らかなわけだ。いやむしろ、ダルヴァリはリクサンドルの言うことならなんにでもいちいち反対し、そしてリクサンドルの望んだこととはまさに正反対のことをやろうとしていた、と言えるかもしれない」

「あなたがいまお話しになったようなことはみな」と、ファルマは幾分努力して言葉を口から押し出すようにしながら言った。「オアナが彼らに夢の話をするより前に起きたことです。もっとあとになって、マリナがリクサンドルのそばから離れようとしないのを見てダルヴァリがふさぎこんだり、人にからんだりしたことは事実です。でも私はあなた方に誓って申しますが、それまでと同様に二人の親友としての友情関係にはなんの変りもなかったのです」

「たしかに、表面上は、それまでと同じように仲のいい親友だった。しかし底の方でなにかが変ったことはたしかなのだ。マリナはそれに気づいていた。そうでないとマリナの次のような行動は説明つかないのだ。マリナはそれまでずっとリクサンドルのそばにへばりついていたのに、みんながドクトルの魔術からさめた明け方になると、……いいかい、君の書いている通りに読みあげるぞ。――ダルヴァリを両腕に抱きしめて、みんなに聞こえるようにこう叫んだ。《あなたが自分で言っているほど私を愛してくれているのなら、私を一〇年間待つことができる？》と。《いくらでも君が望むだけの期間待っているよ》とダルヴァリは答えた。《一〇年といわず、二〇年でも五〇年でも君を待っているよ！》《それではいまここにいる全員に、今日から一〇年先の一九三〇年九月に、やはりこの修道院での結婚式に出てもらおうじゃないの、そしてリクサンドルとオアナに私たちの結婚式の仲人になってもらうのよ！》《いやリクサンドルじゃなくて》とダルヴァリが彼女を遮った。《ドクトルとオアナだ！……》――八月二〇日の君の供述書を私はいま読んだのだが、君はその中では、リクサンドルの反応がどうであったかを述べてはいない。けれども疑いもなく、彼は沈みこんでいたはずだ。なぜなら、マリナはダルヴァリに向ってあわててこう告げているからだ。《でも、あなたには私が年をとりすぎていることを知っておいてもらわなくてはね。あなたは、私があなたより五、六歳年上なだけだと思っているけど、本当は私は二〇歳近く年上なのよ。私はもう四〇の坂にかかっているんですからね!……》するとみんなはそれが冗談だと思って、いっせいに笑った。しかしダルヴァルはこう叫んだ。《たとえ君がいま五〇歳だとしても、やはり僕は君を待っているよ。なぜなら一九三〇年には、君はまだ六〇歳にしかなっていないのだからね。そして僕は、老年を過ぎて墓場の中にいたるまでも君を愛しつづけるだろうと思うよ》とね」

「本当にその通りに言いました」と、ファルマはまるで急に眠りからさめたかのように唐突につぶやいた。

「もちろん、一〇年後に行なわれる予定というこの結婚式はマリナが信じていなかった、また信じるはずもなかった冗談だったということは明らかだ。一方では彼女自身がダルヴァリに、《二度と帰ってこないから》飛行士になるなと警告していたし、他方ではその結婚式の祝宴には彼女の従兄弟のドラゴミールが列席していて、みんなが二人はもう幼い時からの許嫁同士であることを知っていた。なぜなら、《家の血筋が絶えないようにするため》、家族がそう決めていたのだから。そこから導き出される唯一の結論は、マリナがダルヴァリをなだめようとしてこういったふるまいに出た、ということだ。したがって、彼女はダルヴァリとリクサンドルのあいだの友情にひびが入ったことを感じていたことになる」

「しかしですね」とファルマは口を出した。「私はいま同志フォーゲル大臣のあるお言葉を思い出すのですが……」

「同志フォーゲルはもう大臣ではない。別の任務についたのだ」

ファルマは絶句した。

「そこで問題点第一項にかえるとしよう。マリナの約束は冗談でしかなかったが、ダルヴァリはそれを本気でうけとった。しかし、それから先の事情はもうはっきりしていない。そして私たちはそれがなぜなのかと首をひねっている。記憶の欠落か？　一九二〇年から一〇年後の一九三〇年の夏におけるダルヴァリの失踪にいたるまでの期間内に生じた、一切の出来事にたいする君の無関心のせいなのか？　それともある種の出来事をどんな犠牲を払ってでも隠し通そうという君の決意そのものによるものなのか？　もしそれさえ分れば、ダルヴァリの逃亡の動機だけでなく、リクサンドルの変身の意味をも私たちに明らかにしてくれるであろう出来事をね。私個人としては、この最後の仮定に傾いている。そしてなぜそう思うか君に証明してみせよう。結局のところ、一九二〇年から一九三〇年までのダルヴァリ、リクサンドル、マリナ三人のつながりについて、君はあれだけたび重なる訊問、あれだけ書きに書いた数百ページに及ぶ供述書の中で、私たちになにを語っているというのか？　きわめてわずかな、ほとんど同じようなことを、幾度も幾度もとりあげてはそれを私たちにくりかえし語っているだけのことだ。要約すればこうだ。君はマリナがダルヴァリに向って、幾度も自分の方が本当に彼よりも二〇歳（いや、あるいは三〇歳！）年上であると告白したと述べている。君の供述書から引用すると、《だからドラゴミールは私との結婚へふみきれないのよ》と彼女が彼に語ったとある。《あの人は私の年齢を知ってい

ますからね》
一度、一九二五年か二六年頃に、彼女は彼に出生証明書を（その証明書が外国で発行されたものであることを君はわざわざ断わっている）見せており、それによると、彼女は当時でもほとんど六〇歳に近い年齢であったことになる。ダルヴァリは驚いて彼女をまじまじと見つめた。君のつけ加えているところによれば、《彼女の年齢をはじめて知ったからではなく、彼女を見つめていると彼女が本当に老女であることに急に気がついたので》とある。《私がまもなく六〇歳になるということを知った今でもなおあなたが私を愛しているのなら、私にキスすることをあなたに許してあげるわ！》　君はそのあとでこう書いている。《ダルヴァリは蒼白になって、彼女の上に視線を釘づけにしたまま化石したように立っていた。するとマリナは急に感きわまった声で〃そら、ごらん、これが男たちの愛なんだわ！　肉体にだけつながった愛よ！　あなたたちの目には精神なんて若い肉体美のまわりにしか燃えていないのね！〃と叫んで、次の瞬間には広間を走り出て、隣の部屋へかけこんだ。そして数分後には、一九一九年にファニカ・トゥンスの酒場で、ダルヴァリがはじめて彼女の姿を見たあの夜と全く同じように若々しい姿でもどってきた。ダルヴァリは彼女の前にひざまずいたが、彼女はもはや自分にキスすることを彼に許さなかった。〃でも、今度もやはりあなたを赦してあげる〃と、彼女は微笑しながら彼に言った。〃なぜなら男たちがみんなそうであるように、あなたも無邪気なものなのね。私が年とった女に扮するメイキャップをしてあなたを驚かしたあとで、あなたがかわいそうになって、顔のメイキャップを洗い落としたと信じているのでしょうからね。でもあなたにくりかえして言うけれど、私は本当に年とった女なのよ、私の出生証明書が明らかにしている通りにね……〃ダルヴァリは幸せそうに彼女の言葉を聴いていた。なぜなら、その時彼の前に立っていたのは二〇歳から二五歳くらいの年齢の女性だったから》

君の供述書からはそれからなにがあったのかはっきりとはしていない。君はマリナが芝居が好きで、この点でも彼女の祖先のアルギラに似ていたとだけ述べている。君はまた、彼女が奇妙な、一風変った服装をするのが常で、時には本当に老女のように見えた、なぜなら年とった女たちが自分を若く見せようとする時のように、髪に粉をふりかけたり、顔に厚化粧していたからだと述べている。それでは君は、マリナがダルヴァリに出生証明書を見せた時、実際に自分を六〇歳に見せようとして厚化粧していた、と思うのかね？」

「私は長い間そう思っていました」とファルマはきわめてゆっくりとしゃべった。「でもそれは私の思いちがいでした」

「そうおそらく君の思いちがいだったんだろう。なぜなら君自身の書いているところからも、その日はじめから、彼女がダルヴァリに老女に見えたわけではないことがはっきりしているからだ。彼の目にそう映じたのは、彼女が彼に出生証明書を見せてから後のことにすぎない。したがってそこにはなにか別のわけがあったのだ。マリナが自分の顔かたちを自分の思い通りに変える特別の技術を持っていたとか、なにかそんなことがね。

そしていまや最後の、そしてもっとも重要なエピソードに入るのだが、残念なことにそれを君はつねにきわめてあっさりと片づけている。それは一九三〇年夏のあの夜、なにか不明の動機からマリナがダルヴァリを引きとめて自分の家で泊るようにとすすめ、そして彼女がはじめて彼と寝たあの夜のことだ。私が《不明の動機から》というのは、なぜ彼女がそれまでにそうしなかったのか、ダルヴァリと寝るのになぜ一〇年も待ったのか、そしてなぜ結婚式のやっと数週間前になってそういうことをしたのか、と疑問に思っても当然だからだ。いずれにしてもその夜、この二人の若者は、自分たちだけでコトロチェニ（ブクレシュティの西の郊外）の近くの公園で時を過ごしたが、ダルヴァリはつねにもまして恋のとりこになっていたということが、君の幾度にも及ぶ供述から明らかだ。それはマリナがその夜、それまでに一度もしたことがないような、地味な、それでいてこの上なく洗練された服装をして、おそらく彼が一一年前に彼女と知りあった時と比べてももっと若々しく見え、白粉のあとも化粧のあともとどめない、まったく童女のような顔をしていたからだ。

　私は君の八月二〇日付の供述書を要約した。しかしそれから先なにが起きたのかは、あまりはっきり分らない。二人の若者は夜をともにした。しかし明け方近くに、ダルヴァリは目ざめて自分の恋人の方へ身体をよせて接吻しようとした。しかし明け方の薄明かりの中で彼は、マリナが年とった女であること、数年前に彼女の出生証明書を見せられて年のいっていることに驚かされた時以上に、はるかに年老いた女であることを発見して恐怖に襲われた、と書いている。彼は長い間その場に凍りついたようにじっとしていたが、そのうちにベッドから起き上り、彼女の目をさまさせないように細心の注意を払いながら服を着はじめた、と君は書いている。ほとんど服を着終った時になって彼は、マリナが自分を微笑しながら眺めているのに気づいた。《私はあなたがなにをするつもりか分っているわ》と、マリナは彼に言ったとある。《でも、ほかの男たちがみんなするような、ありふれたやり方はやめてね。大脱走をするのよ、高く高く、いつまでも、どこまでも昇って行くのよ》　それから、なぜか理由の分らぬ興奮に上ずった声で叫んだ。《私はあなたにお守り札をあげるわ。そうすればあなたは、あるところまで行けばリクサンドルのあの矢に出会うわ……》　しかし、ダルヴァリが彼女の最後の言葉を耳にしたかどうかは定かでない。彼は後ろ手でドアをそっと閉めながら、なにも言わず出て行った。

すべてこういったことを、君はもっとあとでリクサンドルから聞かされた、またリクサンドルはそれを、その日のうちにマリナから聞いて知ったのだと述べている。なぜなら、もし私の理解したところに間違いなければ、マリナもすぐその場で身仕度するとリクサンドルを探しに出かけたけれども、やっと昼頃になって彼が見つかり、そしてその夜起きたことをすべて彼に伝えてから、こうつけ加えたからだ。《ねえ、彼を探し出して、行くのを止めてちょうだい、なぜならあの人は飛行機に乗って逃げるつもりだけれど、自分で自分のしていることを知らないので、大きな危険にさらされているからよ》《君が彼にお守りを渡すのが間にあわなかったから危険にあうというのかい？》とリクサンドルは彼女にたずねた（本気でか、それとも冗談でそう言ったのか判断はつきかねるが）。《ちがうのよ、あれはあなたには意味が理解できなかったでしょうけれど、ほんの比喩なのよ》とマリナは彼に答えたとある。《私はお守りなんてひとつも持っていないわ。私が〝大脱走〟について彼に言ったことのすべては、彼を試験にかけるため、彼にものごとの見かけにまどわされないように教えるためだけだったのよ。それというのも、昨日の夜彼が信じこんだように私は二〇歳の娘だったわけでもないし、今朝彼の目にうつったように私が六〇歳を過ぎた老女だったわけでもないのですからね。私は私のいまの年齢よりも若くもないし、年よりでもないわ……》（そして君は、リクサンドルが彼女を眺めると彼の目にはずっとそれまでの時と同じように二五歳から三〇歳の間に見えた、とつけ加えている）。いずれにしてもリクサンドルが飛行場に着いた時にはもう遅すぎたし、そこでも数時間待ってから後にやっと、航空隊の隊長に会って話ができたにすぎなかったのだ。その間に、ダルヴァリはコンスタンツァ（黒海沿岸のルーマニア最大の港湾都市、軍港でもある）に着陸して、飛行機の給油を済ませるとさらに東の方へ向って飛び立って行った……

もしこの話が事実なら」と、相手はしばらく間をおいてつづけた。「それはおとぎ話よりももっと甘美な、そしてどんな悲恋物語よりも悲しい物語だったろう……しかしいいかね、君はすべてこういった話をリクサンドルから、そして彼からのみ聞いて知っているのだと供述している。マリナには、君はもう一九二五、六年以来一度も会っていない。

（ある供述書の中で、やはり同じ頃君はダルヴァリに会い、彼が君の言を借りれば、《マリナの魔法と呪い《まじない》》について君になにかを語ろうとした、しかし彼は、それにもかかわらず彼女にぞっこん惚れこんでいると断言し、君が一九三〇年九月に行なわれるはずの結婚式に招かれていることを君に想い起こさせた、と述べている）。しかしリクサンドルの主張の信憑性を疑わせる多くの細かな問題点がある。第一に、たとえ一九三〇年であったとしても、ある飛行士がはっきりした命令も指示もなしにいきなり飛行場へ行って、飛行機に乗りこみ、飛び立つということは不可能だったはずだ。もしそんなことができたとすれば、それは逃走を前から計画し、とくにブクレシュティにおいてもコンスタンツァにおいても彼には共犯者がいたことを意味する。さて、もしこれが計画的な行動だったことに疑問の余地がないとすれば――そしてそのことは捜査の結果明らかだが――、共犯関係は絶対に発覚しなかったことになる。私たちにとって、このことは特別の重要性を持っている。それにはいくつかの仮説をたてることができる。第一の、そしてもっとも蓋然性の高い仮説は次の通りだ。ダルヴァリは、もっとも細かな点にまで考えぬいてこの逃走を計画し、しかもそれには共犯者がいたということだ。私たちはそれがだれであったかを今は知らないが、しかし大体どの方面にその共犯者たちを探さねばならないか、その見当はついている。ダルヴァリの帯びていた任務を私たちは正確には知ることができない。しかし一九三〇年八月という逃走の時点を考慮するならば、せめてこの任務の意味ぐらいは私たちにも分る（一九三〇年の六月にルーマニアではカロル二世が退位し、政情不安。国際的には、一月に軍縮会議が開かれている。九月のドイツ国会選挙でナチスは第二党となる）。二人の友情の関係は昔ほどに親密ではなかったにせよ、ダルヴァリは最後の瞬間になって自分のとった決断をリクサンドルに告げる。ダルヴァリの失綜におけるリクサンドルの役割がいかなるものであったのか、私たちには当面分っていない。そして問題点第二項を解決するまでは、すなわち一九三二年後のリクサンドルが変身して得た新しい正体を発見するまでは、以上のことを知るすべがないだろう。なぜなら彼が一九三二年後に何者になったか、を知ることによってのみ、私たちはダルヴァリの逃走と失綜において彼の果した役割を知ることができるであろうからだ。そしてその時になってはじめて、私たちはもうひとつのこと、すなわち彼が私たちの味方だったのか、敵であったのかをさらに知ることができるだろう。

　そしてここで私は、君にある質問を、それもただひとつだけの質問をする。それにたいして君はおそらく、この場で答えることを承認しないかもしれない。しかしそれにたいする答を私たちはいずれは見出すだろう。君はもうずっと前からリクサンドルの新しい正体を知っている。さらにそれ以上のことも知っている。この新しい正体がものの見事にリクサンドルの昔の姿をおおい隠しているので、昔と今のこの両方の正体を目撃しなかったすべての人々にとっては、現在の彼が絶対に見破れない人物になっているということを君は知っている。そしてとくに、それまで一九三一―三二年頃までの青年の姿から、その時点以後、彼がそうなった新しい人物へのいわば変身そのものに立ちあわなかった人々にとって、絶対見破れない人物になっていることをね。たまたま君はこの変身の唯一の目撃者となっている。だから君は私たちにとってかけがえもなく貴重な存在だ。なぜなら、リクサンドルが君以外のすべての人間にとってその正体が見破れない人物となっているのなら、彼はこの国におけるいかなる人物ともなり得るわけなのだから。私たちのひとりかもしれないし、あるいは今日わが国の国民の運命を左右する、われわれの最高の指導者たちのひとりでさえあり得るのだから。そこでだ、私の質問というのはこれだ。だれがリクサンドルなのか？　今この瞬間に、ここで、この町の中で、いやあるいはこの建物の中において？　君だけは彼を知っている。私たちに言ってくれ、だれがそうなのかを」

XI

その年、夏は思いがけなく早くやってきた。ファルマは午後を少しまわった頃に、いつも散歩に出かけ、つねに木陰の多い、垣根寄りの道を選んで歩きながら、家々の庭を眺めたり、また時には実がいっぱいになったあんずの木や桜の木の前で、まるでいまにも子供が木登りするのを見ようとして待ちうけるかのように立ち止まったりするのであった。そしてだいぶ経ってからふっとわれにかえり、それからはいつも自分が好んで腰を下ろすベンチのひとつへ向って急ぎ足で歩いて行く。もしそのベンチにだれかが坐っていると、麦わら帽子を脱いで、丁寧な言葉づかいで、自分もそのベンチに腰を下ろしてもかまわないかとたずねるのであった。しばらくしていま何時ですかとたずね、前と同じように丁重に感謝の言葉を述べるのだったが、しかし会話の糸口を相手に与えるすきはみせなかった。もしも相手がそれでも話しかけてくる時には、静かにうなずきながら相手の言葉に耳を傾け、それから立ち上がって、帽子を脱いで挨拶してから、さらに散歩をつづけるのだった。

七月のはじめのある暑い日の昼すぎに、ファルマは遠くからそのベンチが空いているのを見て喜んだ。疲労を感じていたのである。ほっと一息つきながら腰を下ろすとハンカチをとり出し、それを首のまわりに巻きつけて帽子で顔をあおいでいた。通りには人っ子ひとり通らなかった。まもなく彼は強い眠気におそわれ、ベンチの自分のすぐ横に帽子を置くと右手で頭を支え、目を閉じた。しかししばらくして、びくっとしながら目をさました。彼のすぐそばのベンチにひとりの男が坐っていた。その男はこちらに背を向けて坐っていたので顔は見えなかった。

「どうも失礼しました」とファルマは言った。「おそらく、うとうとしていたのでしょう。大変暑いですね」 彼は再び自分の顔をあおぎながらつけ加えた。

見知らぬ男は振りかえって彼に微笑みかけた。けれどもすぐにまた片手に持っていた雑誌を読みはじめた。しばらくして二人の前を、両手も口のまわりも桑の実で真黒にしたひとりの少年が通りすぎて行った。ファルマは微笑しながらその後を目で追っていた。

「失礼ですが」と、だいぶ経ってファルマはたずねた。「いま何時でしょうか?」

「二時か、二時五分頃でしょうね」と相手はふりかえりもせずに答えた。

「大変有難うございます。私は二時一五分から二時半頃までのあいだにある人と待ちあわせがあります。まだちょっとここで休んでいる暇があります。ずいぶん暑いですね……」

見知らぬ男は彼の方を向いて、再びうなずきながら彼に微笑みかけた。そしてまた雑誌を読みにかかったが、次の瞬間に急に読みやめて、ファルマを不思議そうにまじまじと見つめた。それから雑誌を再びひろげながら言った。

「校長先生、最後にお会いしてからずいぶんお変りになりましたね」男は雑誌から目をあげずに囁き声で言った。「おそらく、あなたもいろいろなひどい目にあわれたのでしょう。やっとあなただと分ったくらいですから……」

ファルマは自分の顔を帽子であおぎながらひと言も答えなかった。

「もう、私のことを憶えていらっしゃらないでしょう……もうずっとずっと昔ですが、ムントゥリャサの小学校であなたの生徒だったんですよ。もう憶えていらっしゃるはずがありませんね。私はボルザ、ヴァシレ・I・ボルザです」

「ボルザ？　ヴァシレ・I・ボルザ？」　ファルマはおうむ返しに答えて、帽子を膝の上に置くと、ふっと溜息をつきながら「なんと奇妙なこともあるものだ」とつぶやいた。

「一度私があんずの木から落ちて頭を割ったことを憶えていらっしゃいますか？　あなたは私を両手に抱えて、校長室へ連れて行って、ほうたいをして下さいました……　その次の日は五月一〇日の祭日でした……」

「そうそう、そんなこともありました」とファルマは言った。「そういえば思い出すようだが。でも一体、本当だろうか？」

彼は大儀そうに立ち上ると、幾度もお辞儀しながら言った。

「残念ながら出かけねばなりません。二時一五分から二時半頃までのあいだに人と待ちあわせがあるので。それにおそろしく暑くなりましたね……あなたに会えて、嬉しく思います」とつけ加えた。

見知らぬ男は、自分のすぐそばのベンチの上に雑誌を置いて、じっと考えこんだ様子で煙草に火をつけた。ファルマが街角をまがって姿を消すと、すぐそばの中庭からつと人影が現われ、ベンチの方へ向ってきた。

「なにか分ったか?」とその男はベンチの横に立ったまたずねた。

「いや、こっちの顔を憶えていないふりをしたよ。無理もないがね」と立ち上って、雑誌を上着のポケットに押しこもうとしながら、一方は答えた。「私は憶えこんでいた文句をいくつかくりかえしたんだが、どうも納得させられなかったらしい。それとも、ボルザがもう生きていないことを近頃知ったのかもしれん。だから、最初からこっちを怪しい人物と思ったのかも」

二人は並んで歩いていた。

「しかしたとえそうであっても」ともう一方の男が、だいぶたってからきわめて低い声で言った。

「彼の信頼をなんとかしてとりもどさねばならない。ああいったことがすべて起きたあの夜にアンカのところにいたのだからな。そしてそのあとで、第一号と第三号による取り調べをうけたのだ。たくさんのことを知っている。しかもそれを知っている唯一の人間だ。もう一度、当ってみなくてはならん……」

二人は街角で立ち止まった。

「うん、やってみろ、リクサンドル」と相手は囁き声で言った。

テッシュ、一九五五年八月
シカゴ、一九六七年一一月

訳者あとがき

ルーマニアに生まれ、シカゴ大学で教鞭をとったミルチャ・エリアーデ（一九〇七—八六）は宗教学者として世界的に名を知られ、わが国でもその多くの著作が翻訳されている。彼はまた今日でも母国語ルーマニア語で小説を発表している《作家》でもあり（本書もルーマニア語で書かれた）、その作家としての経歴は一九二〇年代の終りからかぞえほとんど半世紀に近い。初期の作品としては、半ば自伝的な思想小説や恋愛小説もあるが、三〇年代の末からは主として幻想小説の作者としての活動が中心になっており、今日の世界の文学における幻想小説を代表するひとりでもある。すでにその代表的作品は英、独、仏語などに訳されているが、わが国でエリアーデの《幻想小説》が翻訳紹介されるのは本書が初めてではないかと思われる。

これまでに紹介されたエリアーデの宗教学、宗教史の諸著作の解説では、彼のルーマニアでの生い立ちや幻想小説作者としての活動について触れられたものが少ないと思われるので、このあとがきでは、主としてルーマニアの文学史およびエリアーデの作品集の紹介、解説によりながら、その面について述べてみたいと思う。

ミルチャ・エリアーデの父親は陸軍の将校で、その勤務する部隊の移動にともなって各地を転々としていたが、首都のブクレシュティにも住宅を構えていたところから見ても、経済的にはかなり豊かな方であったらしい。二人の息子のうち、次男のミルチャは、一九〇七年三月九日に首都ブクレシュティで生れた。この年はルーマニアにとって大変な年で、二月末から三月にかけて、ルーマニアの北部ではじまった農民一揆の波が全国に拡がり、政府は軍隊を動員してこれを鎮圧し、内乱に近い状態になった。農民たちは各地で地主邸を襲ってこれを破壊し、焼き払ったり、地主の一族を殺害した場合もあった。しかし軍隊による鎮圧の結果、一万人を越える農民が殺され、農民一揆はやっと鎮まった。エリアーデの父親も将校として当然この農民鎮圧の作戦に参加したはずである。エリアーデの最初の幻想小説ともいえる『令嬢クリスティナ』の最後で、地主邸の炎上する場面があるが、ここには、あるいは成人して父親から聞いた一九〇七年の農民一揆の際の情景が、なんらかの形で投影しているのかもしれない。

ミルチャ・エリアーデが生れて間もなく、一家は、ルムニク・サラトという東部の田舎町へ、そこから四年後には、ドナウ川に臨む小都市チェルナヴォダへ移った。この町で彼は幼年時代を過ごした。そして、ここで幼稚園に通いはじめて間もなくアルファベットを習い憶えた幼いミルチャ・エリアーデは、本を読むことに熱中したあまり視力が弱まって、危険な状態にまでなった。そのため、父親は自分の息子に本を読むことを禁止してしまったが、しかし、ミルチャの方は、その禁止にもかかわらず、シャーロック・ホームズから讃美歌集にいたるまで、手に入る限りの本に読みふけったという。もともと父親のエリアーデ大佐自身が、無教養な軍人の多かった当時のルーマニアでは異例ともいえる読書家で、彼の家には革で装幀した百冊あまりの本が揃っていたというから、ミルチャ・エリアーデの「本狂い」は半ば親ゆずりだったのである。それだけではない。実は、エリアーデ家の本来の姓は、イェレミヤ（Ieremia）だったのを、一九世紀の半ばに活躍した詩人、言語学者、そして一八四八年の革命の際に臨時革命政府の指導者の一人であったエリアーデ・ラドゥレスク（一八〇二―七二）の名にちなんで改姓したというのであるから、将来の文人を生み出す素地は一家の血筋そのものに潜んでいたともいえるであろう。こうして、ミルチャ・エリアーデの名前は、エリアーデ・ラドゥレスクだけでなく、ルーマニアがうみ出した驚くほど多面的な教養と知識欲の結晶のような文人たち、一八世紀のディミトリエ・カンテミール、一九世紀のボグダン・ペトリチェイク・ハシデウ、二〇世紀のニコラエ・ヨルガらの系譜につながっているのである。

しかしミルチャ・エリアーデは、いわゆる青白いインテリのタイプではなかった。生来の読書欲も一九一四年に一家がブクレシュティに移り住んでからは、一時影をひそめ、リチェウ（高等学校）に入るまでは、彼は町内の腕白小僧たちといっしょになってブクレシュティの場末の町や空地で遊びまわり、すさまじい餓鬼大将ぶりを発揮したようである。本書にも出てくるオボールの市《いち》なども、ミルチャ・エリアーデの遊びまわった場所のひとつである。すでに故国を離れて三〇年に近い作者にとって、このオボールの市やモシ通り、火の見櫓などは少年時代の想い出のまつわるなつかしい場所であろう。その描写にも作者のノスタルジアが感じとられるようである。

少年らしい遊びに熱中するあまりに一時後退した読書熱は、高等学校における生徒たちの無邪気な遊びから再燃した。ミルチャ・エリアーデの学んでいたスピル・ハレト高等学校の生徒たちの間で、仲間たちで本を持ち寄ってはお互いに貸しあうという遊びが流行し、それが機縁になって再びエリアーデは読書に熱中し、これは生涯続くことになる。ドイツでの「レクラム文庫」や日本での「岩波文庫」と同じような性格の Biblioteca pentru toti（「万人叢書」、今日も続刊されている）を次から次へと貪り読むが、とくに、自然科学の啓蒙書、航海記、空想旅行の本などに夢中になったそうである。そして一時は、物理学者か化学者になることが自分の天職であると思いこんだ時期もあったし、また、自分の家に実験室を設けて、そこでいろいろと実験しているうちに、錬金術にたいする興味にとらわれたこともある。そうするうちに、自分の実験や思索をもとにして書いた小論文を青年向けの科学雑誌に寄稿しはじめ、それは数十篇にのぼっている。この頃の彼のこういった関心はその後も持続けられ、それは、『古代インドにおける植物学上の知識』、『アジアの錬金術』、『バビロニアの宇宙論と錬金術』などの後の著作からもうかがうことができる。こうして、高等学校時代の末期には、彼の関心は多様化して、読書によって得た知識は植物の形態学、昆虫学、物理学、化学、東洋学、哲学、神秘学など、それぞれ専門別に作られたノートに書きこまれ、そのノートが山のように積みあげられていたとのことである。すでにこの頃小説も書きはじめており、いくつかの短い幻想小説を書いたのちに、『鉛の兵隊の回想記』という長編幻想小説と、自伝的な長編小説（ただし未完に終った）『ある近眼の青年の物語』などを書いている。学者と小説家というミルチャ・エリアーデの二つの並行した生き方がすでにこの頃からはじまっていたといえよう。

一九二五年にブクレシュティ大学哲学部に入学し、以後彼は文化哲学、東洋学、宗教史へと関心を拡げていくが、大学においては哲学の教授ナエ・ヨネスク（一八九〇—一九四〇）に大きな影響を受けている。このナエ・ヨネスクは、当時のブクレシュティ大学における一種の名物教授であったらしく、一部の学生の間では熱狂的な人気を得ていたといわれる。メフィストフェレス的な風貌と熱に浮かされたような雄弁の持主であったナエ・ヨネスクは、非合理主義の哲学の主張者で、合理主義や客観的認識の可能性を真っ向から否定し、「不安」、「救済」、「世界からの脱出」、「行動」、「冒険」などの言葉をふりまいて、「不安の哲学」、「体験の哲学」を説いていた。そして、第一次大戦後の好況が終って経済的恐慌が迫りつつあった当時のルーマニア社会の中で、ナエ・ヨネスクの「不安の哲学」は、とくに若い学生の間で熱っぽいファンを得ていた。そして、一時期、ミルチャ・エリアーデも、そして四歳年下の、現在フランスで活躍しているエミル・チォラン（フランス語読みにしたがえばシオラン）も、このナエ・ヨネスクの思想的影響を強く受け、一九二〇年代後半から三〇年代にかけて、非合理主義的思潮の中心にあって活動することになる（その後の二人の学者、思想家としてのあり方をこの当時の体験がある程度規定していることは否めないであろう）。そしてミルチャ・エリアーデは、『言葉』誌その他の雑誌で活発な論陣を張り、一種の世代論を展開して、当時の旧世代のルーマニアの作家や思想家の感傷性、柔弱な合理主義を攻撃した。そして一九二七年に『言葉』誌に発表した「精神的遍歴」と題された連載論文によって新しい世代の精神的指導者として認められるにいたった。

ナエ・ヨネスクの影響を受けた学生たちの中には、実際に「不安と死」の教義を文字通りに体験するための具体的な行動として、ファシスト組織に接近し、あるいはそれに参加して行ったものもあった。ナエ・ヨネスク自身が晩年に編集した第二次『言葉』誌は、実際上ルーマニアのファシスト組織の機関誌となるのである。しかし、ミルチャ・エリアーデの理解した「冒険」と「行動」の中には「知的冒険」や「創作の冒険」も含まれていたのであり、彼の関心は、文化哲学、東洋学からやがて宗教史へと向い、その研究に全力を傾けることになる。一九二七年と二八年にそれぞれ短期間イタリアに留学して、イタリア・ルネッサンスに関する論文をまとめた後、一九二九年にインドのあるマハラジャからインド留学の奨学金を与えられ、一九二九年から三一年まで約三年のインド留学を体験することになる。このインド留学を通じてのインド哲学、宗教との接触、その研究、ヨーガの修業は、宗教史家・宗教学者としての彼のその後の人生を決定する一方、この時期の体験がエリアーデの多くの自伝的作品や幻想小説に素材を提供している。彼の代表的な自伝的恋愛小説『マイトレイ』(一九三三)や幻想小説『ホニグベルガー博士の秘密』(一九四〇)、『セランポレの夜』(一九四〇)は、いずれもインドを舞台とするか、またはインドに関連した題材を扱っている。

カルカッタ大学ではスレーンドラナート・ダスグプタのもとで学ぶが、師の娘との恋愛がもとでカルカッタに居ることが難しくなり、失恋の精神的痛手もあって一九三〇年には北インドのヒマラヤ山中の道場に引きこもり、約二年間ヨーガの修業に専念する。しかし、自分の修法上の師にたいする幻滅や、また同じ道場に来ていたヨーロッパ娘ジェニへの感情のもつれなどから、結局ここも去って一九三一年にルーマニアへ帰国した。

翌一九三二年にヨーガに関する論文を提出して博士号を取得し、三三年にはブクレシュティ大学哲学部のナエ・ヨネスク教授の推薦で、同学部の形而上学・論理学講座の助教授に任命される。しかしその関心は次第に宗教史の研究へと向うようになり、三八年から四二年まで宗教学研究の専門誌『ザルモクシス』をパリで発行している。一九四〇年に、ロンドン駐在のルーマニア政府の文化アタッシェに任命され、それ以後、一九四二年に短期間帰国した時を除いては国外に留まり、一九四六年にソルボンヌ大学の宗教学講師となり、一九五六年にシカゴ大学に招かれて、翌年から同大学神学部宗教史学科の主任教授をつとめた。一九八六年シカゴにて死去。

ミルチャ・エリアーデの宗教学、宗教史に関する著作はすでによく知られているので、ここでは彼の小説のうち、主要なものについて触れておきたい。

『イサベルと悪魔の水』(一九三〇)――語り手である主人公が、自分の下宿している下宿屋の女主人アクソン夫人の三人の子供たちを次々と自分の意志に従わせて行き、他人を支配する能力を試してみるが、最後には、運命の皮肉で自分の支配したと信じた娘に手ひどく裏切られるという物語で、ジードの影響がうかがわれる作品。

『マイトレイ』(一九三三)――帰国後、カルカッタでのエリアーデ自身の恋愛体験をもとに書いた小説である。カルカッタで働くヨーロッパ技師アランは、自分の下宿している家の主人であるインド人技師ナレンダ・センの娘マイトレイに次第に惹きつけられて行く。そして、やがてマイトレイもアランを愛するようになり、二人は結ばれるが、それを知った父親のナレンダ・センは娘を監禁し、アランを追い出す。そして、マイトレイの生命がけの抵抗も空しく、恋に破れた主人公は神秘的な瞑想の中に自分の慰めを見出そうとする。インドの自然、風俗、人間関係などが克明に描かれる中で展開されるアランとマイトレイの恋愛は、深く精神的であると同時に、豊かな肉感性の裏づけをともなった人間的な恋愛として描かれる。その意味で、この作品は、二〇世紀のルーマニア文学におけるもっとも優れた恋愛小説のひとつであるという評価もある。

『仕事部屋』(一九三五)――物語的な筋を持たない日記風の作品で、作者は、恐らくジード的な筋のない物語を意図したものと思われる。しかし、断片的な生活の描写はきわめて的確で、エリアーデのリアリストとしての厳しい眼がいたるところに行きとどいている優れた作品である。

『天国からの帰還』(一九三四)――作者がかつて属していたあの「不安の世代」の青年たちを主人公にした物語で、主人公の一人パヴェル・アニチェトは、実存主義的な虚無の哲学から遂に死を選び、自殺する。その他の青年たちも、さまざまに自己の「体験」を追究する。彼らはいずれもナエ・ヨネスクの哲学の影響を受けた青年たちとして描かれている。

『無頼の徒』（一九三五）——前作の主人公パヴェル・アニチェトの弟ペトレ・アニチェトをはじめ、やはりナエ・ヨネスクの哲学を信奉する若者たちの「無頼の徒」としての行状が描かれている。この二作に登場する主人公たちの哲学は、あきらかにファシズム的な色彩を帯びた行動の哲学で、この時期、作者自身がある程度このような思潮に傾いていたことを語っているようである。

『天国での結婚』（一九三九）——二つの物語から構成される恋愛小説である。そして、第一の物語の女主人公と第二の物語の女主人公とが同一の人物であることが、第二の物語が進行するにつれて次第に明らかになる。田舎の地主邸に泊りあわせたある中年の男性と若い男性が、眠れないままに、それぞれの人生における唯一のかけがえのない恋愛事件を語りあう。どちらもこの人生において二度とめぐりあうことのない一生一度の恋でありながら、その相手の女性はどちらの場合にも男の傍から謎めいた形で姿を消してしまう。この恋愛が、きわめて情熱的であり、純粋であるだけに、所詮この地上において成就することのできないものであることが暗示されているのかもしれない。事実、主人公のひとりは、自分と相手の女性イレヤナとの恋についてこう語っている。「私たちは、この世の恋人同士ではないんだ。……私たちの運命はこの地上では成就されない。……恋愛こそは私たちの天国であり、この世で実ることのない愛なのだ。ちょうどトリスタンとイゾルデのように、ダンテとベアトリーチェのように。」

『消えゆく光』（一九三四）——田舎町のある学者の図書館で、バクーニンの書簡の研究者であるヴァインリヒ博士と、あるスラヴ学者の女助手メラニアと、新聞記者のマヌエルとが一種の性の狂宴にふけっている傍で、それに全く無関心で本の校訂をするのに熱中しているツェサーレを主人公とする物語で、「体験の哲学」の種々の形を追究した作品といえる。

一九三六年の『令嬢クリスティナ』から、エリアーデの幻想小説の時期がはじまる。この作品は典型的な吸血鬼物語である。ドナウ川に沿う平原にある地主邸に招かれた画家エゴールは、この家の女主人モスク夫人の姉で一九〇七年の農民一揆の時に殺された令嬢クリスティナの幽霊に毎夜襲われ、日毎に力を失っていく。遂には、村人を呼び集めて、クリスティナの肖像を破壊し、吸血鬼退治の儀式をとり行なって、これに止めを刺す。

『蛇』(一九三七)――主人公アンドロニクは、ある湖のほとりの宿に集まった人々の前に、魔法によって大蛇を呼び寄せる。そして、大蛇の姿に性的な意味を読みとる女たちの一人ドリナは、アンドロニクとともに湖の中にある島へ渡って二人でアダムとイヴの姿になって愛しあう。

『ホニグベルガー博士の秘密』(一九四〇)――ホフマン的な雰囲気のただよう幻想小説である。インド学の研究者である語り手の「私」は、ブクレシュティでインド学、とくにヨーガに関する厖大な文献を集めてその研究に熱中していた医師が数年前に消息を絶ち、そのあとに残された資料を調べてもらいたいと医師の未亡人(医師はすでに死んだものと考えられていた)から依頼される。語り手は医師の残した日記を調べて行くうちに、医師がヨーガの修業によって現世の時間と空間を越えた彼岸の世界「シャンバラ」へ達する能力を身につけ、ここの世から脱出したものの、秘法の修練が不十分であったために、再びこの世界へ帰る力を失っていたということを発見する。

『セランポレの夜』(一九四〇)――物語の舞台はインドのカルカッタの郊外に置かれている。主人公の一人でもある語り手を含む三人のヨーロッパ人が、ある夜に百年以上も前の世界に移されて、そこで生じたある殺人事件の目撃者になるという不思議な体験をする。それは、あるインドの学者が用いたタントラの秘法によるものであることが後に判明する。このように現実の時間を超越した時間、永却回帰を可能にする彼岸的な時間というイメージは、本書『ムントゥリャサ通りで』にも、巧みに隠された形で物語の構造そのものに密着して再現されている。この物語を読み終えて、もう一度、書き出しの部分にもどって読み返してみれば、それが理解されると思う。

ミルチャ・エリアーデには、これ以外にも、『大きな男』、『一万二千頭の家畜』、『大尉の娘』、『石占い師』、『アディオ!』、『橋』その他の短篇があるが、ここでは、そのうち最も優れた幻想小説と評価されている『ジプシー娘の宿』(一九五九)だけに触れることにする。——ピアノ教師として生計を立てているが中年の平凡な男ガヴリレスクは、かつてドイツに留学したことがある。彼はそこでヒルデガルトという娘に恋し、二人は結婚を約束するが、ある偶然の出来事がわざわいして、彼はエルゼという愛してもいない娘と結婚して帰国したのである。彼は、ある暑い夏の昼に、みんなの噂の的になっている売春宿「ジプシー娘の宿」に入ってみる。そこで彼は、ユダヤ娘、ギリシア娘、ジプシー娘の三人の裸の娘に囲まれ、次々と不思議な体験をする。数時間後に日が暮れ、そこを出て電車に乗るが、周囲の空気はどことなく奇妙である。切符を買うために彼の出した貨幣は、もう数年前から通用していないといって車掌につき返される。やっと家にたどりついてみると、そこには全く見知らぬ人間が住んでおり、彼の妻のイルゼは消息を絶った夫の帰りを待ちわびたあげく、数年前に故国のドイツへ帰ったという。主人公のガヴリレスクにとって、不思議な空間「ジプシー娘の宿」での体験の数時間は、この現実の世界での一二年に相応しているのだということが次第に明らかになる。そして、神秘的雰囲気をただよわせた馭者に導かれて再び売春宿へ舞いもどったガヴリレスクは、そこで自分の青春時代の恋人ヒルデガルトに邂逅し、二人は馬車に乗りこみ、夜の中を森へ向って走り出す。二人の行方に待っているのは、恐らく時空を超越した彼岸の世界であろう。

以上、エリアーデの主要な著作について簡単に触れたが、この『ムントゥリャサ通りで』(一九六七)も、作者の代表的な幻想小説である。

先に述べた時間の超越や空間の超越(たとえばリクサンドルの矢の行方をめぐる話)、現世から彼岸の世界へ直接達するための努力(ヨジの話やカロンフィルの研究)、地下に住むというブラジンの世界(これはインド・ヨーロッパ系民族に共通の神話のようである)、その他の幻想小説のモチーフが豊かに散りばめられており、しかも物語の構成そのものが、ファルマという元小学校校長が秘密警察に提出する供述書、あるいは取り調べの際の話という形になっており、一種の枠物語なので、アラビアン・ナイト的な雰囲気を濃厚にただよわせている。

しかし、この幻想小説がこれまでの作者の幻想小説とやや毛色が違うのは、ひとつには第二次大戦後のルーマニアの政治体制にたいする諷刺小説という側面と、第二に一種のミステリー小説という側面を持っていることである。このミステリー小説という面では、謎はある意味では最後まで完全には解きあかされていないが、先の政治諷刺小説としての側面をよりよく理解していただくために、蛇足かもしれないが、若干の補足的説明を加えておきたい。

本書に登場する大臣アンカ・フォーゲルのモデルは明らかに、第二次大戦後のルーマニアの外務大臣として国連でも活躍したユダヤ系の女闘士アンナ・パウケル（Ana Pauker）であって、彼女は第二次大戦中ソヴェトに亡命して、第二次大戦後にルーマニアへ帰り、スターリン直系の指導者として活躍した。しかし、ルーマニア共産党の最高指導部は、ハンガリーなどの場合と異なり、国内に留まって戦争末期には監獄や強制収容所にいたいわば国内派が握っており、五〇年代のはじめには、この国内派とモスクワ派との暗闘の結果、後者は追放され、アンナ・パウケル自身は七〇年代はじめの死にいたるまでほとんど自宅で軟禁状態にあった。アンナ・パウケルとモスクワとのこのような結びつきが分れば、深夜の電話で急にアンカ・フォーゲルが「ロシア語で話し出す」（一二六頁）ことの意味が理解されるであろう。

翻訳に際しては、なにぶんにも物語の構成が重層的な枠物語形式になっており、そのため訳文では三種類の引用符を使い分けた。また文中の小活字二行組は訳注であり、原文で強調された個所は傍点を付した。テキストはルーマニア語のオリジナル版（Pe strada Mântuleasa. . ., 1967）を使用し、またズーアカンプ社のドイツ語版（Auf der Mântuleasa-Straße, 1972）をも参照した。なお、一九六九年にルーマニアで著者の「幻想小説集」が刊行されているが、本書はその中に収められていない。

最後に、いろいろとお世話になった法政大学出版局編集部の方々、とくに藤田信行氏に心から感謝する次第である。

一九七六年十二月十日

直　野　敦

ムントゥリャサ通りで

1977年 2月15日　初版第1刷発行
2003年10月20日　新装版第1刷発行
2024年12月10日　改装版第2刷発行

ミルチャ・エリアーデ
直野 敦 訳
発行所　一般財団法人　法政大学出版局
〒102-0071 東京都千代田区富士見 2-17-1
電話03(5214)5540 振替00160-6-95814
印刷：三和印刷　製本：積信堂

Printed in Japan

ISBN978-4-588-49040-8

著　者

ミルチャ・エリアーデ
(Mircea Eliade)

ルーマニアの世界的な宗教学・宗教史学者．1907 年首都ブクレシュティ（ブカレスト）に陸軍将校を父として生まれる．ブクレシュティ大学でナエ・ヨネスクを師に哲学を学ぶ．1927, 28 年イタリアに留学．また 29–31 年インドに留学しこの研究生活を通じて宗教学・宗教史学者としての彼の方向が決定づけられる．帰国後 33 年から母校で哲学を講義，38–42 年パリで宗教学研究誌『ザルモクシス』を刊行．40 年ロンドンのルーマニア文化アタッシェに任命される．それ以後エリアーデは国外を活動の場として，46 年ソルボンヌ大学宗教学講師，57 年からはシカゴ大学神学部宗教史学科主任教授をつとめた．1986 年死去．主な著書の『聖と俗』，『永遠回帰の神話』，『シャーマニズム』などが翻訳されている．

訳　者

直野 敦（なおの あつし）

1929 年生まれる．一橋大学社会学部修士課程修了．東京大学名誉教授．文化女子大学教授．
訳書：M. エリアーデ『セランポーレの夜』ほか多数．